L'abécédaire de la littérature

字母會

q

任意一個

comme Quelconque

L'abécédaire de la littérature

q comme Quelconque

目次

l'abécédaire de la littérature

字母會

q

Q如同「任意一個」

comme Quelconque

楊凱麟

書寫者命定要孤身一人，無歷史、無有黨派師承且棄絕教條，因為作品等同事件（甚至「必須比事件還壞」，安托南．阿爾托說），既不可指定亦無從定位。書寫是從「任意一個」翻轉為特異、天才與靈光乍現的高度啟蒙，作品可以是「前書寫」、「外書寫」、「域外書寫」，但就是不摹寫歷史、不符應典律、沒有非如此不可的建制，因此書寫（小說）同時亦是歷史或族群的「反思考」，是總要歸建與典律化的反叛。每一部作品都再次驗證這個神妙的翻轉。

嚴格的「任意一個」，因此毫不可能照表操課，文學的流變正是按圖索驥與線性史觀者的惡夢成真。因為書寫永遠是為了「未來的人民」而非既存的讀者，即使是「嚴格／理想讀者」的需求、喜好、期待、標準……在作品前仍然無比卑微與瑣碎。書寫抗拒教條，拒絕臣服於不管是什麼歷史或典範的指導與定位，因為書寫指向流變與未來，是關於「未來差異於現在」的啟發，一切既有建制都失效，因為書寫僅在這些形式之外，只為了引進「域外」

的威力，為了讓不可思考之物再次闖入紙頁。不是為了肯定既有的領土並服膺國家／族的期待以便擠入既有建制之列，而是為了破疆域、衝決箝制，以便引進鮮活氣息。

因此不是任何指定與適於命名之物，而是不可預測、不可定位與不可思考的「任意一個」。書寫是流變而非歷史，是游牧而非國家，是為了闢拓嶄新的未知疆域而非加入既有的階層。可以寫任何事物，但使得任何事物都由既定建制中逃逸。寫父親，但不再是想像或回憶，不再融入任何陳套意見，不再讓任何人可以配對對照，不再「真實」，剝奪總是要說我（我記得）的權力，讓書寫成為「任意一個」，從一切認知與預期中離開，迫出等同事件強度的「可能性的純粹場域」，這就是虛構的先決條件。

創造性的「任意一個」相對於建制化的「特權指定」（privilégié），但實際的關係遠遠複雜於此。究竟是因為特權保障所以隨意皆行，亦或是絕對的任意一個卻創造性轉化為特異與卓絕？這是完全不同的二種程序。任意一個對抗的是超越性史觀與典律所束縛的形式，這是當代與古典的對抗，亦是鮮活生命與僵化教條、創造與官僚的對抗，文學因此得以回應當前時空的變異與鮮活脈動，成為事件在文字中的隨機分派，開啟了由虛構所創造的純粹場域與脫軌連結。不是小說講故事，而是虛構的威力總是使得「任意一個」流變為特異與顯著，成為豐饒的差異機器，每次都因為「任意一個」的無指向流湧而有「發生什麼事？」的不自主震驚。

萊布尼茲會說：並非全部都是「任意一個」，但「任意一個」無所不在。「任意一個」如同賭盤上翻滾的骰子總是一再驗證隨機與偶然的威力，而「特權指定」則意圖作弊而不投身於無限的「神的賭局」之中。

L'abécédaire de la littérature

字母會

q

任意一個

comme Quelconque

駱以軍

每次在夢中回到永和的老屋，所有的人物便在一種燈泡絲快耗盡，光度僅像刷子蘸一下桶底剩漆刷一下牆，意思意思的昏暗感。不是因為夢或許也是一種根據能量守恆，過遠的，極遠的靈魂波投射，所以到了那個所在，攜帶的能源不夠投影打光了，必須省點用。不，不是這種感覺，比較像是，小時候一家人除夕守歲，或是第二天清晨三點要趕早奔機場，全家人在那夜黯，時光流動的老屋裡，像失眠症患者，說不出是歡欣，或卓別林式無聲電影那樣忙活著。沒有一次例外，在那夢中的永和老屋，我死去十多年的老父，一定還像活著的時候，在那屋裡，以老年人的角色出現。很像大陸的《東北一家人》或日本的《吉本新喜劇》，這裡無限制集數，舞臺劇形式的情境喜劇一整團演員。祖父、祖母、爸爸、媽媽、爸爸的哥哥、爸爸的姊姊、小孩……，全是類型角色，全是上戲就進入情境，但下戲其實彼此是無關之人的，「水銀燈閃光打出的幻境」。

在這次的夢裡（別忘了，仍是個在夜裡，但全家人像吃了興奮劑，全仍像白日那樣生活、行動、進行著各自瑣碎的小事，只是光度是黯的），孩子回到他六七歲的形象，那時的孩子，臉龐團團圓圓，但其實已被我預感了，有一株鮮花般纖細的靈魂。安靜，怕出醜，害羞，但倔強。好像是，他在他祖父，我父親，那間幾乎被一張大床占去八成空間的老房間，背朝著房門，盤坐在床上寫小學生的功課，我站在門口喊了他兩聲，他不理會我，這樣枝微末節的小事，後來變成大人和小孩槓上了，在夢中，在那房間裡，我拉高了父親角色的威懾力度，像一個攝影師硬去分格地扳動模特兒各種角度，他想要的細微位置。孩子也進入一種抵抗的狀態，於是在那夢裡，我拿了晾衣架當家法，抽打他。抽了一下，兩下，夢中好像力道被一種稠膠的介質卸去，所以並無若真實中那樣抽打的力勁，但孩子終究還是哭了，我走出房間，想起，不解氣又走回去，再拿起剛放五斗櫃的衣架，再抽兩下，還是像在手中拿羽毛擺動的輕飄飄。在那老屋的其他空間，我父親窩在客廳，盯著那臺老電視，我母親在裡間佛堂坐著念經。我哥，我姊也都各自在這其實頗小的老屋移動著，也就是說，這可能是一種「死後的世界」，永恆的重複播放。或是，像那些「廣島原子彈投下，炸開蕈狀雲之前，其實那顆『小男孩』仍在幾萬英尺的高空飄墜」，通常電影或紀錄片會重現，在那瞬爆、氣化、高溫強光、零點零一秒全部所見物都消失之前，那最後的，以為這是無聊而尋常的，最後的「活著的時光」，我想起來了，在這個夢中的永和老屋裡，沒有狗。容我解釋：在真實裡，我和我妻兒們生活其中的小公寓裡，有三隻會擾動人類移動之外的光影，造出各種聲音的狗兒；而在我倒退回三十年前，真實的我曾在其中經過高中乃至大學之青年的，甚至更往前推，就是像孩子那麼小的時光，和我父親、母親、哥哥、姊姊，生活其中的真實老屋，也總是養著四隻狗，後來各自老去，逐一遞滅。這兩個時空在真實中，以我做為交集的兩組人，其實並沒有真正共同「生活在一個屋簷下」，但各自都有養狗。夢讓兩組人，無違和地生活在一起，但狗全消失了。

所以在那夢中，在我父親的房間抽打了孩子之後，我在一種懊悔、擔心的情緒，像夜間的森林葉廓層層覆蓋，孩子的祖父、祖母，會否聽見，心疼孩兒而斥責我，但好像他們都太老了，被那稠膠的介質阻隔了聽覺，並沒聽見孩子的哭聲，隨之而起是一種等待的情緒，孩子的母親，夢中我那仍美麗的妻子，將要下班回來，很輕，在那夢中，她的工作，在這樣的深夜才下班，是以一直畫面還未浮現，但以預感的，似乎她的工作是空姐，會帶著一進老屋即褪下的，疲憊，沾著靜電的玻璃絲襪、臉妝、硬殼的髮膠……這一些蟬蛻的薄殼。我最害怕的是她回來發現我揍孩子了。

但這種憂慮的情緒沒有連續劇式的爆發，而被另一種憂慮取代。我站在佛堂（其實是低簷窄仄的小間過道），母親的臉似笑非笑，告訴我，她知道了妻名下買了一幢臺北市的小套房，天啊，那一個月要繳五、六萬的房貸吧？這件事是妻最好的同事安娜告訴我母親的，夢中如水銀墜地，細微的線索連結，原來安娜是我阿姨的乾女兒之類的，在她們另闢出來的人際聚會中，安娜不知我們瞞著母親在外有房子這件事，純粹只是擔憂好姊妹被房貸壓得喘不過氣，殊不知，我母親現今仍在她那老人微薄的退休金裡，每月提撥兩萬元支援我們，他相信我這樣沒工作，可憐的媳婦扛著這個小家庭，小孩教育費什麼的。結果她自己省吃儉用，我們是老鼠咬米袋，偷偷在外頭（而且是用妻的名字）買了個那麼超現實的房子！

母親帶著笑說：「我知道後心裡很開心，之後總算不用每個月操心那兩萬塊了。」

夢中的我，則像小時候犯了什麼錯，抵死裝傻，把臉變成年糕那樣灰灰無表情：「她買房子，咦，我不知道這件事啊……」

我哥則在一旁咪著貓臉笑，確實他太開心了吧，惘惘有一種打迷糊仗的未來現實：有一天父親走了（現實中他老人家早已走了），母親她走了，這種老屋的產權，究竟是要我們三個老兄妹分？還是直接過戶給我父母最疼愛的那個孩子（我哥我姊都沒結婚）？如今你們這房在外頭已經自個兒買房了，那似乎局勢嘩啦就解了。

夢中的我或是太擔心了，非常輕鬆，像摘菱角那樣從嘴巴被無痛地掰下兩顆連在一起的牙齒，母親、我哥、我一起湊近觀察那落齒，討論著：「這沒得救了，裝不回去了，你看，其實它們已是之前在牙根上裝過的假齒，現在剝落了，就像乾癟掉落的豆莢，掉多少剩多少，是大自然的法則。」

後來我又要踅回那父親的臥房，想是安撫一下孩子，但（當然）孩子已不生我的氣了，事實上他在這段時間又長大了幾歲，一旁是他的弟弟（何時冒出來的？），兩兄弟各自盯著面前的一臺筆電，弟弟可能在看類似《豆豆先生》或《膽小狗英雄》那樣無厘頭的卡通，所以一直呵呵地笑。已變成是個哥哥的孩子，頭上戴著耳機，可能在觀賞某個「美國達人秀」的美聲演唱吧？難怪兩兄弟兩臺電腦如此靠近，兩小孩都盤坐在祖父的大床上，各自螢幕湧出的聲光宇宙，卻不會干擾到對方。我拍拍孩子，他拿下耳機，黑白分明的大眼望著我，線條柔和，完全不記得之前被我用吊衣架抽打的事啦。我用手語跟他比一比（不知為何，我們像電影裡的海豹特戰部隊，要攻堅一處敵人建築物前，在掩體後方比著手勢暗號，其實可以直接用講的嘛），他心領神會地點頭，可能細微的無聲溝通是：「媽媽回來就不能玩電腦嘍。」孩子乖馴地點頭。

這時我想，我總是要解決，「妻不知道母親已經知道她在外面買房子」，或是要找到藤蔓觸鬚，像我小時候撒了謊總要想到「把現實曲拗成跟我說的那個謊一樣的形狀」，所謂「反向圓謊」。我必須在妻回家，猝不及防與母親遭遇，對質之前，找到那個關鍵人物安娜，從她那裡動手腳。或許讓她不經意打個電話給母親：「伯母，對不起，我那天弄錯了，我記成的是另一個人。」或若是這安娜，是個正直固執的人，我若能啟動其他支援系統，向母親證明，這女的有妄想症，說謊症，精神病院病史。

但我卻在這老屋通向「外頭」是一條我從小便熟之不能再熟的小馬路；但也很像是地下捷運站出口，爬了像神廟那麼陡窄的階梯，終於迎著強光，會走到「地面上的世界」的某處是遮雨棚蓋住的防火巷，或是一間後間疊床架屋，另增蓋了迷宮般的後來的神祇的分廳，穿梭之間的鼠道——和兩個哥們，倚牆蹺腳，抽著有大麻氣味的捲菸，頹廢地哈拉著。哈拉著什麼呢？我們三個的臉，都像煎鍋廢油上方滾浪空氣變形、模糊、流動的臉。

我說：「……我想ＡＩ現在的新奇和無限想像，還在生產和如何生產，以及如同工業革命後的人類社會階級之重組，和新的倫理。但我認為，二十世紀人類最偉大的發明，不是汽車，電腦，原子彈，電影，而是小說。兩位可能不以為然，小說不是幾百年前就有了？但細覽其結構、排列次元，整個歐洲整列天才，拉美，美國，印度，非洲，日本，俄國，小說在二十世紀累積的是，人類大腦最奢侈的那一整鍋只用小咖啡匙撈一杓的行為，穿過整個二十世紀，它不是人均ＧＤＰ，現在想像ＡＩ的大運算『可能超越人腦』，用的就是『人腦平均ＧＤＰ』，不，可能只有當時被懷疑是外星人愛因斯坦和海森堡那些發明量子力學的黃金腦袋，可以一比，想想杜氏加卡夫卡加福婁拜加納博可夫加波赫士加馬奎斯加奈波爾卡爾維諾魯西迪加普魯斯特……

它在離開二十世紀後，長出的不是有沒有超越，而是如何變簡單，可變，傻逼，可以人人讀懂，賣得好。我感覺現在說ＡＩ記憶力強，都只是一種線狀或是面狀的想像，但別輕視了二十世紀人類中，所謂上帝已死之後，一些天才曾經趨近去觸摸『靈魂這件事』的偉大。」

當我這麼侃侃而談時，他們倆的臉，都帶著吸大麻者恍惚、不置可否的放鬆神情，可能是因我們交情非常好，才可能這樣湊聚在這昏暗通道一隅，像三間不同小快炒店，小港式茶餐廳，小排骨便當店的各自廚師，白帽子上都帶著油煙燎焦味，跑到店鋪後頭放置大廚餘桶的防火巷，吸根菸亂屁一下。三個人各自有各自回去那走出之門，那裡頭夢境難以解決的憂心困境。那個高高帥帥的，他是個Gay，從小，母親就不知原因地離家，消失了，所以他整個童年，少年，都是在一種霧中風景的疏離，怕犯錯，怕惹人不喜歡的自律中度過。上一次我們三個在這小通道相遇，他說了他去花了一大筆錢找代理孕母這件事。我和另一個哥們以為他在說笑，不，他非常認真，因為他是他奶奶一手帶大，他非常愛他奶奶，他說他對他奶奶的愛，就是我們這種一般人對母親的愛，再乘以十。但他奶奶很老了，而他是他們這一支的獨子，不，獨孫。他是Gay，這沒什麼好辯論或衝突的，那是很確知的，但必須替他們家留個種，讓他奶奶在閉目前寬慰。他是在美國找代理孕母，非常貴，前期他就花了兩萬美金，跑法律程序，跑醫院做體檢，雙方簽署合同，但他非常生氣，對方（那個墨西哥裔的代理孕母）明明已接了他這個Case，也就是說，懷裡，子宮裡孵著他未來的孩子，卻不當回事，繼續跑去打零工（誰知道她是在酒吧上班，或是政府機關清潔工），這是違反最初合約的，結果，大概五個月大時，那孩子流掉了。他非常生氣，提起訴訟，但對方卻受到什麼什麼第幾條法案的保護……

他當時在說這些時，我和另一位哥們，臉上應該也是帶著同樣的，微張嘴，像忍住噴嚏不敢笑出來，那種愕然又無知的表情吧？你在說什麼碗糕啊？什麼跟什麼啊？但還是要做出非常同情理解，時不時低頭噴口煙的憂鬱聆聽者模樣。

另一位哥們，則在鼻頭和嘴唇翻開的縫隙，噴出一陣白煙之後，說了一個奇怪的往事：他小學二年級時，老師發給每個小朋友一個封蓋上用鐵釘打了許多小篩洞的奶粉罐，要每個小朋友自己各去抓一隻，或兩隻也可，任何小昆蟲，養在那個小鐵罐裡，所以除了這個（會貼上姓名標籤）鐵罐的主人，以及老師，其他小朋友彼此不知道各自養的是什麼蟲，一學期之後揭曉，老師會就你養得好不好打分數。他也不記得自己去哪抓的那隻可愛小昆蟲，封進鐵罐，比別人都認真地照顧。每天餵牠便當吃剩的肉鬆屑或是福利社買的便宜牛奶糖。給牠取了一個名字叫「妞妞」，但現在回想：他那個年紀，還不知道什麼叫躁鬱症，否則他會評判這隻「妞妞」得了躁鬱症啊。他每天從孔篩看裡面的牠，感覺牠都伸著觸鬚，在那罐子裡，高速地亂跑，很像被困在深井裡可以攀岩走壁但就是撞不開頂上封蓋的忍者，那使得小時候的他內心有種不安的情感，他覺得等不到期末，這隻「妞妞」就會耗盡生命而死。

但有一天，他低頭看鐵罐裡，嚇壞了！裡頭有十幾隻「妞妞」，全部那樣躁鬱症的亂跑。他想：分身忍術？這位昆蟲忍者真是無所不用其極，想要越獄啊！很快（很短的周期），那些小「妞妞」都變很大隻，都在彼此身上和鐵罐壁內沿快速跑動，他比別的小朋友要滿頭大汗，更努力地照顧「妞妞們」，但又必須隱藏這個祕密，不能跟別人分享。有一天，他一看，哇靠！這些小「妞妞」又使用分身忍術，裡頭變成亂七八糟擠滿「妞妞」，像放學擠公車那樣的場景。甚至他覺得，教室裡的其它小朋友，會聽到他的小鐵罐，發出嘩啦嘩啦，那麼多的「妞妞」亂擠的聲響。

第二天，他到學校，發覺他的鐵罐不見了。老師把他叫出去，稱讚了一番他把他的昆蟲照顧得非常好，但是因為「發生了系統崩潰」（他記得老師用這個名詞），老師把那一罐的「妞妞」拿去野外放生了。然後老師問他：「你不知道你養的昆蟲是什麼蟲嗎？」

他不知道，當然後來他知道了。他的「妞妞」就叫蟑螂。

我不知道這個哥們，是在上一個哥們所說的感傷故事的哪處琴弦，引觸了他的哪個情感記憶區？讓他在那代理孕母不敬業的故事之後，接著說了這一段關於「妞妞」的故事？但我終究要離開這個過度區，通道，後巷的哥們抽離打屁區，回去處理我的困境。但其實在夢中，所謂的「困境」，其實已被某種神祕的，刪去真實裡最棘手或痛苦的細節：譬如父親曾在那房間裡，癱瘓臥榻四年，其實當時我就是帶那麼小的孩子，回永和老屋，母親總是憂傷又疲憊的，在床榻一側，像哄嬰孩那樣，撬開父親的嘴洞，把一種不知誰給的祕方，但她一直說「這很貴」的中藥，灌進他的喉嚨。那房間充滿屎尿，藥物混雜的氣味。

我又走進那燈光裡有一層翳影的老屋，妻子已經回來了，她穿著一身灰毛呢織紋西裝外套，同色的寬長褲和短靴，裡頭是像這整個空間唯一發出燦爛光輝的白長毛水獺毛衣，整個人還像十幾年前，不，二十幾年前（啊，我不記得我們在一起是多久以前的事了），那樣高貴美麗，她站著用瓷湯匙，舀一小碗應該是我母親熬的臘八粥，在低矮屋簷的那間小佛堂，和坐在桌旁的母親閒聊著，兩人的臉上都堆著流水紋般的笑意。所以我擔心的那個，母親質問她什麼的，並沒有發生？我特意側耳傾聽，隔著書櫃屏擋的窄通道，客廳那端仍傳來那電視裡《東北一家人》的陣陣囂鬧笑聲，所以父親應坐在那昏暗之夜兀自開著的電視前，垂頭打盹？

我走近妻子身邊，說：「回來了？」

「欸。」

「孩子睡了？」

她用那美麗清澈的眼睛看我一眼，然後像是被坐在神龕下方的母親，細微地在場重力所牽制，繼續低頭舀著飄著一層煙的粥，小口吃著。那裡頭有粳米、白米、紅豆、綠豆、薏仁、龍眼乾、枸杞、銀耳，都是熬爛如糊，只有偶爾一兩粒較大的紅棗或百合、蓮子，她便用牙齒輕輕囓咬，那種畫了唇蜜，避開沾色，輕巧細微地用舌和牙齒，輕輕咀嚼，但臉上仍專注和母親對談的側臉，真是性感。

L'abécédaire de la littérature

字母會

q

任意一個

comme Quelconque

張亦絢

01

這事發生在十年前。我對誰也沒說過。或許是擔心說出來的後果。儘管說，這事怎麼看，也不會有什麼後果可言。

那是十二月開始下起雪的第一天。我很清楚記得，是因為那天我特別打開窗子，還把身體伸出窗外罵人。我以為有人從高處扔大量紙屑下來。公德心哪裡去了！但是罵了幾句後，我笑起自己來了。我以為是紙屑的灰白飄浮物，是雪。這不是我第一次看見雪。在法國住了幾年後，我與大部分法國人相似，沒有欣賞它的閒情，只會很實際地想到路滑不好走。然而，這是第一次，我從高空中看到飄著的初到毛雪，不像樹梢或屋頂上的積雪，會閃耀朵朵炫白。四十三層樓看出去的雪花，且薄且輕，孤零零、灰慘慘，被我以為是紛飛棄下的垃圾浮塵。

我住在高樓的第四十三層，這種高樓，在法文中，又叫作「塔」。我的法國朋友都讚嘆：視野好！但我不確定他們是否真心羨慕。即使是工人階級的家庭，都更傾向住進有點小花園的一樓房屋——曾有臺灣人看到法國電影裡的花園洋房，就說那很中產階級，他們不知道的是，在這裡，是地段而非房屋形式，才是階級排序的方式。我有個全家都在「家樂福」上班的朋友，住的就是花園洋房，然而那當然不是在巴黎。塔原來是為難民潮而蓋的，有些歷史。我的法國房東是如何購置多起，用來租賃，我不清楚；這對夫婦給我的印象，是某種力求社會地位上升的法國人，但因為太不得法，有時給人「租房當買友」的感覺，偏偏我對去充當別人用來臉上貼金的國際友人這事，非常感冒，所以，無論是他們的慈善音樂會或愛心聚餐，我一律隨口編造謊話不出席。但這也不能阻擋他們把話說成：自己的房產，租給了一個來自臺灣，特有藝術性格的女人。跟藝術搭上邊，這在巴黎，比跟有錢搭上邊，是來得更闊綽。

我的樓上還有一層，那一層不知為何，似乎不太名譽。在電梯中散播的耳語中，有人暗示那一層，常有中國人或非法移民在那招待朋友。招待朋友是上流社會的象徵，但如果招待的，是找不到住處的朋友，那就另當別論了。不過這，我只是聽說。我沒到過別的樓層，和鄰居也都是點頭之交。曾經有幾次，要搬走的鄰居來敲門，問我是否想要收用某個不錯，但他不想搬的家具，我這才知道，某戶原來住了個誰，但卻已經是，對方都要搬離之時了。

事情發生在夜裡。發生太快，說不清楚是怎麼發生的。當時我正對著筆電，做第二天碩士班口頭報告的最後檢查，頭一擡起，就是一個人影貼著我前面左方的窗，我想到我住的地方是四十三層樓，心臟都要蹦出來。我用力把右邊窗戶向後拉，那人影就竄了進來。

「筆電！筆電！小心我的筆電！」這就是我對站在我書桌上的那人喊的

第一句話。那人站在書桌唯一一塊沒有堆書的地方，那裡堆書的話，窗戶就不能開。這個窗戶有個把，是朝屋內拉開的那種窗。我要他別踩我的筆電，那人簡直就像個自由女神像般，不能動地矗立在我書桌上。但他當然沒有火炬，垂著兩手。我把手伸給他，他才從桌面下來。他很輕巧。

我把窗戶重新關上，心裡著慌。四十三層樓的窗外趴個人？如果不是我拉開窗讓他進來，難道他會、或他打算往下掉？之前離家遠行前，我曾查看過窗緣，可踩可踏的地方，都築成深弧度的形式，明顯防盜。

「坐下。」我對他說，他的個頭比我高出一截，使我覺得頗有壓迫感。我這樣說完後，才想到屋裡，可不是說坐就能坐。他為難地看著我。一個星期前，我曾讓一個從臺灣來巴黎玩的朋友來住，她走了幾天，我因為懶，沒把沙發床收起，那床占了我房間所有可以稱為「空間」的地方，這幾天我都是從它上頭踩踏過去。事實上，收床不必很大工夫，但是收好必須把它放回書架頂，我又矮，爬上椅子後，也還要半放半扔，如擲鐵餅，所以我很不愛做這事。現在那人下了地，很自然地，盡可能不踩在我的沙發床上，沙發床是沒腳的，像個體育館裡的墊子攤在地上，並不適合邀人坐下，除非是想要人在上面做仰臥起坐。唉，總之是麻煩。我看了一下，他還沒穿鞋！好處是不用擔心他踩髒我什麼，但是連鞋都沒穿，事情我看是更大條。屋裡最明確可坐的，是我書桌前的椅子，但這給他坐，成何體統？他坐在我的書桌前，是要做什麼？他可不是跑來寫功課的吧！此外就是我的床鋪。朋友來時，我們通常各坐床鋪一角，可以相對說話。但他是什麼朋友？

屋裡開著暖氣，沒穿鞋可還是不行。「我先去找一雙拖鞋給你。」我說。我拿了拖鞋給他，心裡大概有了想法。我問他：「你要不要借電話？」他搖頭。我看了一下錶，晚上十二點剛過，明天早上八點鐘就有課，是我要上床的時間了。我不知道可不可以對他說，我不能留你。萬一這人又出現在我窗外，我可禁不起這種嚇。他看起來不像壞人，不過，這事誰知道？之前有青少年在我門外惡作劇，我打了電話，請能幹的大樓管理員來處理；現在這人在我房間裡，也不能說他在惡作劇，大樓管理員會怎麼處理呢？我想打手機問我的法國朋友如何是好。雖然有點晚，還有幾個是有這種交情的。但是能夠當著人家的面，討論怎麼處理人家嗎？得避著他。

就在我盤算間，門口鞋櫃上的手機響叮噹，這倒好，我對他說：「對不起，我先去接個電話。」這畢竟是我家，不算太沒禮貌吧。鞋櫃那裡說話，房間聽不到，我得想想辦法。是ＤＤ打來！他去義大利一年，他打電話給我，我總是很高興。或許因為打電話給我的是ＤＤ，我就沒問ＤＤ意見。我回去房間，發現那人臥在沙發床上，就像童話中，那個闖入三隻小熊家的女孩一樣，睡在熊的床上了。他就這樣睡著了。沒蓋被——我替他蓋了被——這就是一個人懶惰不收拾沙發床的教訓！我嘆口氣，略加收拾，也就睡了。

02

塔的存在，使這個社區成為跑酷迷的熱門場所。我替我最熟的四個跑酷者，拍了紀錄片，但他們不同意播放。原因是，他們覺得他們的技藝還不夠精湛，這讓我有點沮喪。我對他們解釋，我認為有意義的是，他們改變了都市空間的定義，使用來看的地方可以走，讓從不經過的地方可以助跳，就算身手不夠漂亮，清新的是，在互動之間轉換的風景。但一共只有一人肯買我的帳！不過他們很興奮，因為我說他們清新。十二月——因為那是十二月的一天——所以我都以十二月代稱他，十二月最初讓我想到的，就是他很可能是一個跑酷者，這是為什麼他跑酷到了我的四十三層樓。我在麵包店，碰到其中一個少年跑酷者在買牛角麵包，我問他，是否出現了新的跑酷規則，跑酷的人可以不穿鞋。但他說，沒聽說。

十二月有張年輕的臉，至於身體，我說不大上來。他有種我偏愛的雌雄同體美，這使我更加覺得，不能多留一刻他。問他什麼，都是點頭或搖頭。我其實也有點害怕，他真對我說出什麼來。如果他說了，我就會有責任。而責任，我未必扛得起。

身為一個合法居留的外國學生，不知為何，也常有犯罪感。我在路上碰到過一個中國女孩，她在路上拉了我就說：「我看姊姊，就覺得姊姊人好，所以我也不怕跟妳說，我在這是沒身分的，不怕妳告發我。」大概是沒人說話，太寂寞的關係吧。所有該告訴我，與不該告訴我的事，她都說了。她是服裝專業，在這裡也在成衣廠工作。我問她，不怕地鐵查身分嗎？她說都有人教的，不會去容易被查到的點。一星期倒有六天在做工，哪能學法文？但我擔心她不懂法文，萬一碰到事，不危險？幾次跟她約了，把我不用的法語教材送給她。有陣子她工作的廠給查到了，她沒了工作。不過她說非法的工廠挺多，換一家就是。有時我回家時，會發現她在我住處樓下徘徊。我不能做什麼，但是聊聊天，總不違反人性。不過她邀我去她住處，我就沒答應，一來課業壓力大沒時間，二來就是，也不知會捲進什麼事當中。

臺灣留學生的圈子，我見識過一次，就不打算見識了。圈子小，焦慮多，只能憑著拚命八卦別人來平撫，還有許多詭異的多角關係，可寫社會小說百百本。然而就算不在圈子裡，還是聽說了挺嚇人的事。有個臺灣男學生，不知為何收留了個奇怪的法國男人，最後那人離奇死了，而那學生在之後，經常鬧自殺。不過ＤＤ收留義大利人麥可的結果就挺好，ＤＤ去義大利辦公，麥可到處幫著他。以前我在巴黎看到麥可，總覺得他不太可信任。但是

ＤＤ說，所有的義大利人，都長著一張不太可信任的臉。麥可第一天到巴黎，就沒找到住處，他覺得ＤＤ看起來不像壞人，所以找ＤＤ幫忙。ＤＤ就讓麥可在他家住了下來。我問ＤＤ，才認識，就讓他住你家呀？ＤＤ說麥可的法文沒人聽得懂，在巴黎多危險。我想也是。麥可回義大利成了大學裡的法文教師，看他樣子，我當初可想像不到。那時每次我在ＤＤ的辦公室碰到麥可，他和ＤＤ說話，倒有一半是靠比手畫腳。羨慕ＤＤ對人有那種信賴。與跑酷迷做朋友，或是留下十二月，我想，這都是我對ＤＤ的愛情。總覺得我對別人溫柔，就是ＤＤ對我溫柔。

03

十二月就在我住處，住了下來。回想起來，這應該很可怕。我每天都在想，可以怎樣合理地送走他。他不像麥可。ＤＤ就對我說過，麥可法文破，但他是個有辦法的人。十二月出現在我的四十三層樓窗外，那種地方，有辦法的人，會在那裡嗎？他像隻青蛙趴在水族箱玻璃那樣趴我窗子的影子，真是個惡夢。你的家人呢？你的朋友呢？你的愛人呢？這樣的話，能問一個出現在四十三層樓高的人？十二月沒有大衣，沒有鞋子，我問他，要不要跟我出門，要不要去給他買大衣和鞋子？他總頭快搖斷地搖頭。我有點猜到，有了大衣與鞋子，他就沒有藉口留下。

十二月每天除了看我書架上的書，不做什麼；因為我請他自便，他也會自己泡咖啡與下廚。如果我在，我們就做雙人份的；如果我不在，他就打理自己那份。我的住處有之前來借住的男同志朋友留下的貼身衣物，我就都拿出來給他用。這些王八蛋總是在我這裡忘東忘西，那些掉在我這，我又用不到的東西，總算派上點用場。要是有人在我這留下大衣就好了。因為買給十二月，總彷彿是買我的自由，很想這麼做，又覺得羞愧。我試著留幾張紙鈔在顯眼處，他要拿了就走，也是好的。但是除了動我的書和冰箱，十二月沒碰過其他東西。他缺的大概不是錢。他不說話，我為了表現和善，會對他說些無甚緊要的話。

有天夜裡，睡到一半，我發覺肩膀熱熱溼溼，原來是十二月伏在我身上。那大概是他住在這的第十天左右。不知何時，他已側身在我床緣，一手環著我，只是不停流淚。他可不可以這樣做呢？許多人曾在我面前哭，但是趴在我身上的，還沒碰過。

我把身體往牆邊靠了靠，但沒撥開他環著我的手，像哄小孩一樣我拍著他，從睡意朦朧中努力醒過來：「不嚴重的，不嚴重的，一切都會好轉。」我還在腦中尋找法文安慰金句，不知何時，他的手已經穿過我的睡衣，靈巧地撥弄，我發出的聲音，連我自己都不知道，是舒服？還是嚇阻？我腦中一片混亂，但我還是注意到，那是一種服務性的碰觸，在在要表現的，是他非常有技巧。我制止他：「你不能這樣，我不想要，我有男朋友，我們不能這麼做。」但是我發現，恰巧是我自己口中的每句話，超乎想像地激起了我洶湧的性欲。他那麼熟練，這一定不是第一次他那麼做。

他覺得不能白吃白住，所以想以此交換？可以接受這種東西嗎？這跟人道組織到非洲，讓兒童用性交換食物有什麼差別？「停下來。」我說。但是他嘴對著我胸口的方式，正令我著迷。那是像用女性性器幹男人般我似曾相識的東西。他用嘴，但那是女人用陰道馳張揉搓男人性生殖器的玩法，即使對異常愛的男人，我也只這樣玩過兩次，但那兩次，就讓男人差點暈過去。——愛到某地步，才指揮得動性器深海那軟珊瑚般的抽進握法。他真是把我的金字塔尖當陽具在擦拭了。我是做個有人格的人好呢？還是做個有經驗的人好呢？繃緊緊像要被拔河兩端拔斷的粗繩。他的長髮柔嫩如肌膚，好摸得不得了。我想抓住他的髮，令他離開，但我指間傳來陣陣快感，快感卻是移不開地。髮海水草就是款擺怒張的生殖器，剎那就令我們相互手淫，爽到無力。

「你不是妓男，我不要你這麼做。」牙咬著唇，我硬說出了口。他聽到，聽懂。哭得像射精一般。我臉上也溼。趁他一不注意，我把我的枕頭抽出，朝他推擠。終於用枕頭，隔開尚未糾纏的下身。他於是就著枕頭一上一下的摩擦，我覺得這樣也好。開始時我一動也不動，但慢慢地，像終於承認什麼一般，我也用了那個枕頭。我們像兩隻海獅共玩一顆球，在黑暗中專心律動與鳴叫。我高潮後，他發出吹箭般的口哨聲，我不確定那是不是也是他的高潮。因為有可能，他並沒有男性生殖器。我不知道為何我會這麼想，但那的確是那一刻，我想到的東西。雖然他有男人的外觀，但他其實可能是任何一種人。任何性別。

04

十二月後來走了。他走時，拆走了我枕頭的枕頭套。這沒什麼大不了，我換了新的。

但他回來過。大約四年後，有天我回家時發現，家門口的門縫有一個不見郵戳的大信封。倒出來看，那是折疊如手帕的枕頭套。他終於可以還給我了。

我把枕頭套抖抖開，一隻手伸了進去，握拳藏著，久久。

而我始終不知道為什麼，在那一日，十二月能在四十三層樓那麼高的地方，沒有往下掉。那裡明明沒有，任何人類可以吊住，或是搆住的東西。

L'abécédaire de la littérature

字母會

q

任意一個

comme Quelconque

胡淑雯

十五歲半的那個夏天，高中聯考剛結束，我就知道自己會考上第一志願。我沒有告訴任何人，包括我的父母，深怕萬一有個差錯，引致過大的失落。更根本的原因是，對我，我的家庭，我的堂親表親乃至整個家族來說，「北一女」是歧異陌生的選項，像打壞常規的亂數，只會讓人心生懷疑，措手不及。北一女是什麼？北一女之後呢？沒人有經驗，誰也不知該做何打算。既然無可打算，那就時候到了再說。

在我有限的認識裡，在我出身的那個階層裡，男人的最高學歷是五專，女人的最高學歷是高職，一直以來，我對自己未來的想像無非是，考上高職，十八歲畢業，去那種叫作「公司」的地方上班，或者去銀行坐櫃檯，幫別人數鈔票。我靜靜等待放榜，像等待一齣超現實的天文景觀，照樣去考已經報名的五專，那裡才是我的地方。不該想的別去想，才能確保生活的安寧。我的表舅就是太敢想了，海專畢業上了遠洋漁船，去了幾個遠方，學會幾句英文，竟然想去美國留學，結果在紐約洗了幾年的碗盤，精神出了狀況，送回臺灣已成廢人。而所謂的廢人，就是，不會賺錢的人。

我的成績是突然變好的。國三下學期，我朦朧意識到，倘若我的數學成績繼續在低點徘徊，未來就只能繼承父母那不值得繼承的小家業。於是我向父母伸手，報名了昂貴的補習班。補習班是學校老師化名經營的。老師在正規的學校課堂上，展示半套的解題能力，課堂成為他的廣告時間，放學後的補習才是正題。出了校門向右轉，走兩條街就能抵達老師的家，他擁有一棟豪華的四層公寓，將地下室改裝成課室，足以容納兩百人。

同學們摩著肩膀蹭著手肘，怎麼看都擠不下了，照樣可以把人塞進來。我對這貪婪的暴利氣息感到不恥，不恥而不得不屈從現實，令我對自己感到羞愧，這難以緩解的心理矛盾誘發我歇斯底里的反應，經常在課堂上挑戰老師的權威。那稚嫩的反抗其實禁不起考驗，只是鬥嘴，找碴，抓語病罷了，而且我經常鬥輸。老師大發脾氣那一晚，對著我大喊不服就滾，我沒有動，我不敢動，我知道自己一動就會輸得更慘。僵持了幾秒鐘，也許一分鐘，老師對著空氣（也就是全班同學）宣布，「陳海淑，憑妳這種態度，要是考得上北一女，我就收掉補習班！」事實證明，這樣的激將法是有效的。我的成績自此一路向上，竟還收到了幾封情書。

其中一封，寶藍色的卡片裝在墨綠色的信封裡，浮著雕花的封口上，壓著紅色的蠟印，無限浮華，超級幼稚。那是一封邀請函。有個十七歲的男孩要跟我約會。那是我人生第一次，被「約會」這種字眼找上門。我參加過的聚會都是兩人以上的節日或慶生會，多半有成人在場。我不知道什麼叫作「約會」，只覺得這字眼看起來神祕，成熟，令人飄飄欲仙。邀請者跟老師同姓，是老師的獨子。他聽說了課堂上的事。可見再小的社會，再小的年紀，都還是有八卦的。就連一碗水也會產生漣漪。我不認識他，卻聽說過他，事實上，全校的師生都聽過這個人，他得了紐約的藝術獎，曾經上過報紙。

那個週末，為了赴約，媽媽沒讓我在攤子幫忙，怕我染上油煙味。乍見第一眼，他的樣貌令我略感驚詫，但願我的眼神足夠收斂，不至於傷人。他穿得很規矩：白襯衫，卡其褲，跟通俗片裡的藝術家絲毫不相像。不瀟灑，不慵懶，缺乏霸氣也不見熱情，斯文得像一張手帕。單薄，陰柔，臉上爬著白白的色塊。那應該是癬。我假裝沒注意到這事。為了不看他的皮膚，格外專注地凝望他的眼睛，反而像是交淺言深，要直取他的本質似的。那張臉一旦害羞起來是沒地方躲的，一塊塊白色的髒汙彷彿感應器，泛出格外鮮明的粉紅色，時起時伏。他通過這些白色的髒汙說話，呼吸，過濾社交的灰塵，他是個啞子。據說是後天的，原因不得而知，沒人敢提心理疾病，沒有人使用「失語症」這種字眼。

我聽說他即將赴紐約習畫，問他是不是，他點頭。從他點頭的節奏，眼神移動的方式，可以知道，他不需要我說太多話。就算是個啞子，依舊可以在靜默與喧囂之間做出選擇。他沒有請我喝東西，也沒有放音樂，屋子裡靜得像海，油畫裡的那種海，有什麼在表層底下翻騰，也許暗潮洶湧，卻不會發出聲音。這裡是他的畫室兼起居室，樓下是他父母起居的地方，補習班在地下室，我們在他家約會，也就是，在他爸補習班的樓上約會。三樓與四樓掩著門，我沒要求參觀，頂樓是一座露天游泳池。難怪他在邀請函上寫著：敬請攜帶泳衣。

但是我沒有下水，誰會在初次約會的時候游泳呢？然而不游泳又能做什麼呢？沒有鮮花，沒有蛋糕，沒有巧克力或冰淇淋。空氣中瀰漫著淡淡的，油彩的氣味。沒有音樂，沒有交談。我跟他就這樣，一個十五歲一個十七歲，在無聲的四壁間，進行著，什麼都沒有發生的，第一次約會。兩人陌生人，謹守著青春純潔的文法，沒讓眼神脫軌，滑入緊張的對視，當然也沒有手碰手，或接吻這類的意外。我只管在那裡，任事物在我眼前流過，隨意撿取我想看的，時而抽出書架上的畫冊，翻一翻，在某一頁停下來。他也就是在那裡，在自己家裡，在自己這裡，或者與我同在，做著平常就在做的那些，不起眼的小事。如此家常，簡直清癯。我們不但沒有說話，就連目光不小心有了交會，也彷彿密契了似的，馬上避開。

那個環境充滿了書與畫，所以我並不會感到無聊。我的家是沒有書的。書，在我爸媽眼裡，大概是電話簿，農民曆一類的東西，對門趙伯伯借給我的電視週刊，以及過期的《讀者文摘》。此外，那個發瘋的表舅曾經買過幾期漫畫《小亨利》與《淘氣的阿丹》給我，多年來已經被我翻爛了。他喜歡畫海，各色各樣的海。我發現他筆下的海，沒有一幅是平靜的。或許是因為那些海洋的關係，我感覺我們被捲入蕭蕭的海風裡，被強風叼走了語言，不說話反而比較安心。

在那清癯無脂，無肉亦無事的下午，唯一可以稱得上「事情」的，大概是：他放了一部電影給我看。或許是我不夠專心，電影才進行了幾分鐘我就看不懂了，從頭到尾都很困惑，無法掌握這種電影的形式與文法。每一個角色或單獨，或成雙，或三三兩兩或成群結隊，在不同的場景中輪番唱歌，有時比手畫腳，指天劃地，有時跳舞，有時哭泣。我沒有看過這種電影。我人生中的第一次約會，留下了這樣的疑問：那部電影在演什麼？《真善美》在演什麼？

北一女放榜後，我收到一張來自紐約的明信片，他畫了一個塗鴉給我，塗鴉底下還寫了兩行英文字。才去了半年，他就把英語當作第一語言了。也許這就是他想要的，一個全新的地方，全新的語言。不知他在那裡是否就不再啞了。人有時會這樣，唯有通過離開自己，才能回到自己。報紙的藝文版再次刊登了他的消息，與他最新的得獎畫作。他的父親以近乎卑鄙的貪婪，成就了一個天才藝術家。報上的藝評說，這幅畫標誌了年輕畫家風格的轉變，將目光投向實實在在的，人的生活。

只是，那幅得獎作品，對我來說實在有點冒犯。他畫的是我父母，我父母工作的身姿，與他們工作的地點，而畫面邊緣，就著日光燈苦讀的女孩，看起來像我。他的筆法並非全然寫實，但是我認得出來。最熟悉的事物，就算被藝術家創造性地轉化了，成為陌生的畫面，依舊是我的生活。我有點生氣。難道他曾經跟蹤我？偷窺我？那是在約會之前還是之後？他對我的注視，觸發了我的自卑感，徒然令我對自己之自卑感到羞愧。好險他走遠了，成為外國人，暫時不會對我構成威脅。而他對我的好感或執迷，假如真有的話，或許也源自他獨有的，心裡的病。也許他把我當成盟友，否則又怎會在聽聞我頂撞了他的父親之後，鼓起勇氣，以怪異的羞澀與尷尬，手足無措地款待我。

對面的趙伯伯聽說了北一女的事，上門來報喜，送我一本最新的過期《讀者文摘》，同時送上一筆小生意。他在南陽街的補習班兼課，問我可不可以把成績單給他，供補習班貼上紅榜，獎金分我一半，五千塊。我答應得非常爽快，沒有一絲心理負擔。趙伯伯又問我是否還報名了高職，我說是。問我打算去應考嗎？我說不。他說去考吧，成績歸我，獎金歸妳。我說我還考了五專，即將放榜，但他對我的五專成績似乎不感興趣。

考季已近尾聲，缺考的人不少，有著落的考生已經放假去了。充當考場的中學校園裡，死了一地七月的蟬，轟轟響著八月的蟬。鐘響之後，監考官發下考題，試卷上的准考號碼並不是我。難道我弄錯了？我重新核對所有的資料，是我的考桌，沒有錯，但為何發下的是別人的考卷？我舉手，監考官走近我，不待我出聲便搶先答覆：「沒錯，就是這樣。」他的音量，字語間低低的氣流，彷彿與我早有密契似的。瞬間，我懷疑自己被捲進一宗陰謀裡了。我不敢出聲，指指自己的准考證，再指指考卷，兩邊的號碼對不起來。監考官只顧說著，某某某，請專心作答。他口中的某某某，就是趙伯伯的女兒。我是槍手？難道我是槍手？我盯著監考官的眼睛，繃緊眼周的每一條肌肉，想要將我的恐懼與困惑注入他疲憊的良心，但對方面無表情，動動手指，示意我乖乖考試。

上午八點的太陽斜斜撞進教室，將我的驚慌照得透明發亮。監考官回到講臺，彷彿在躲我似的，背對全場考生，擦拭著空白的黑板。我不敢作答，我連筆都不敢再拿起來。一旦失風被逮，我將被撤銷一切的入學資格。這一刻，「北一女」這個選項總算變成真的了。一旦發現自己可能失去它，我才確定它是我的。真蠢，還浪費時間去考了五專。真蠢，竟然陷在這裡幫別人考高職。我已經走到這裡了。驀然間，耳邊響起《真善美》裡那首〈小白花〉，它就這樣撞進我的腦海，幻聽般懸吊在我的四周。我想，半年前在畫室約會時，我其實是看懂了那部電影的，我真看不起那些自稱老師的生物，也恨透了自己這種小家子氣的貪婪，為了區區幾千塊，我可能失去更重要的東西。

太陽向上爬了幾階，人人振筆疾書，教室裡靜得發慌，我幾乎可以聽見自己的心跳與牆面碰撞的回聲。牆上的領袖在永恆的肖像裡繼續發號施令，老師在講臺上喝茶讀報，心不在焉地執行他的權威，我不敢出聲提出異議，因為我不信任這些人。其實一切都勾串好了。我是不會被抓的。倘若我倒了大楣，趙家女兒要倒更大的楣，眼前這老師也逃不掉吧。這些人就這樣瞞著我，瞞著我的父母，悄悄把我賣了。可見他們有多麼靠勢，多麼看不起人。

我不會同意的。就算可以全身而退，拿到獎金，我也不會同意。

我將自己的文具全數收好，一個字也沒動，一個字也不留。我緊張得喉嚨發熱，雙手卻冰冷發硬，止不住抖。我起身，將椅子懸空拉開，退出自己的座位，自信沒有發出任何聲響，把自己削薄，削淡，像羽毛的影子一樣輕盈，像油畫裡的海洋，就算驚濤駭浪也不出聲。只要沒有人聽見我，應該就沒有人會抓住我吧。

L'abécédaire de la littérature

字母會

q

任意一個

comme Quelconque

顏忠賢

那彷彿是她一生的寫照，也是他一生的暗示，永遠不可能逢凶化吉的險路逆行……或許他的自殺才讓她感到自己可能就是他……

她老想起他生前帶她去找過的那個通靈的老師傅，也想起或許任何一個地方都可能是好地方也可能是鬼地方，任何一個廟都可能是要命也可能是救命的廟……一如自嘲的老師傅是一生在幫人祭改消災解厄的人，但是想救人也可能永遠救不了人……

她永遠記得那是一路夜半彷彿都有路旁田間花圃溫室點燈一如大火那麼古怪幽暗迷離隱約發光的鬼地方，到了那田間的最後一間又破爛又狹窄的違章建築工地末端彷彿暗黑深陷的陰森小木屋，那個喃喃自語的老師傅正開壇在做法，整間小小的破房子裡氤氳點香的迷亂煙霧，擠滿了人但是卻又異常地安靜。有人在問很多苦惱。長得很不起眼但那麼冷天卻仍打赤膊的那怪師傅彷彿是一個極著名而老派的紅巾師公乩童，帶她去的他在那裡低聲地說了老師傅很多過去救苦救難的神通和神蹟。那使她更為心虛，而也更想問師兄為何她從小就體弱多病到彷彿長不大就會夭折地糾纏一生於病痛，但是卻怕被笑也怕被罵。後來還是勉強而低聲地問了，但是，一直搖頭彷彿出神的老師傅沒理她，翻白眼的瞳孔始終沒有回神，最後卻只問他們準備好了嗎？

她不知如何回答，也不敢回答，心裡閃過太多念頭，他不是還活著？師傅為什麼說他快死了？或是早已過世好多年了？他要準備什麼？或要準備到如何才叫作好？是準備好要過世還是準備好要再投胎？她都不清楚，所以，始終很不安的她後來也沒再問。最後，要走了，露出微笑卻仍然翻白眼那從容的師傅卻對內心仍然很挫敗的她說：任何人都還沒準備好，一如他，一如你，這一生就是來學怎麼準備好……

她當時還不知道為什麼她去了那個怪廟出了事，但是又不承認……她好像有種輕蔑，只因為都是山路太遠太迂迴她才老是全身開始痛，老師傅算了她的八字，說她命中完全無火，所以體虛，除了肝以外其他幾乎都不太行，而且後天感染還更會反應在爛皮膚上，她想起從小確實身上愈來愈多奇怪的斑紋點狀暗黑，中學離家還為了省錢住在老舊學校鬧鬼又長蟲的宿舍，每天清晨回去洗澡時，熬得愈凶的肉身愈無法忍受髒亂的狀態，甚至沿著乳暈邊愈會裂開泛著組織液，嚴重一點還會滲著血，所以她常常要躲起來拿從家裡偷來的止血精油或藥膏擦後好多天才能癒合潰爛，但是卻沿著裂痕沉積著暗淡的死色……不然就是腿邊的黑痣旁的皮膚偶爾就會發癢刺痛。這種毛病太怪又太不致命以至於她也從不會向別人提，何況所有無以名狀的症狀也藏在不會被看到的地方，始終困難重重地揪心……然而她的永遠不信邪，就和幾年前在另一個廟的另一個老仙姑說的雷同，黑痣的問題不是先天的缺陷反而應該是後天造化長成來幫她度劫的……

但是同學多年太深交的她老更想起她和他以前一起看過那部怪電影尾聲提到一則充滿暗示的暗黑童話故事中碎片般的幾句對白：一隻破絨毛兔子問舊玩具馬兒說：「什麼是真實？會痛嗎？」馬兒回答：「有時會痛。」兔子又問：「疼痛是瞬間的嗎？」馬兒回答：「會痛很長的時間，總之，當你變成真的時候，你的毛髮會被撕扯，你將失去眼睛，變得殘缺，但是沒有關係，因為會痛的你一如任何真的人……變成可能會更痛、甚至可能會死。」

他過世入塔之後另一天其實她又去了一趟納骨塔，因為他遺書裡少數有提到的老朋友C想要去看他，因為情緒淡去又再度陷入心虛的她，看到這看似輕率的老朋友C，竟然在香爐前講了五分鐘的話，才知道原來就算只用一秒鐘的真正面對死亡，並不會因為十年的遺忘而絕情或顯得對生命的不虔敬，即使他自殺是無法用憂鬱症狀太深來解釋的無解，但死者燎原種種火影幻滅餘燼後的持續衰變，卻讓她回到這輩子第一次的那未名狀的悲傷，在那狀態裡其實誰也都還不認識，正因她始終一樣貪戀於時間線性不可逆所帶來的莫可奈何，莫可奈何才成為了真正的釋懷豁達。

其實當初約C要去納骨塔看他是更早之前就說好的事，日子沒有什麼起伏，卻又在前一天下午又做了短暫的卻悲痛至極的夢，夢裡她的手機響了，但她正想去廁所，看到是他打來的她就還是接了走進房間的廁所，想說會是她媽媽還是她弟弟，結果正竟是他的聲音，用他那每次都故意裝靦腆的語調只說了一聲喂，其實感覺他應該是有話要說，但她卻哭了，一哭就又醒了的她感覺到自己瞬間從夢裡疾速逃跑退場的靈魂卻亂竄過頭，而部分被囚禁在身體裡的自己醒不來，像鬼壓床地慌張無助近乎靈魂出竅的感覺，她感覺到自己側身，雙手交疊的睡姿，視線裡是她昏暗的房間，那時好像自己部分的分裂，還有一半的靈魂仍然在夢裡手上拿著手機，耳邊因為聽到她哭了的他只小聲地呼喚著她的小名，不過在醒著的世界裡不知道只有幾秒，她只是看書不小心睡著一下下而已，被壓醒不來，也只是那一剎那的事，下一秒就解脫了……醒來後真的也很想小解，走進臥房的廁所，天啊完全一模一樣的光景，在這一剎那幾週來想假裝絕情遺忘他的她，突然也好想為他而死去……

那天她跟C坐車去他下葬入塔的第十八號公墓，還竟然在奇怪的「肉品市場站」怪站名牌下車，走著走著竟然是完全看不到末端的上坡狹窄山路，納骨塔在公墓裡頭最後山凹陷地甚至還要再爬兩層樓高的陡削歪斜破樓梯，可能農曆七月參拜的人影稀少，她和C兩個人也不知道要怎麼拜，趕在公墓中午的休息之前就誤打誤撞依塔方尼姑交代的順序拜完大廳的地藏王，下兩層樓高的樓梯走去拜土地公，拜完再爬回納骨塔拜要見的亡魂塔位的親人……其實很單調不繁冗。結束後她和C又誤打誤撞地想說去找他的塔位再回到了大廳，整間塔裡只有三位穿了身黑色制服的老尼姑參差不齊地卻又和諧地在誦經……她和C小心翼翼地死寂穿越過他們上了二樓在那像老時代光線幽暗破爛老派圖書館或陳舊倉庫中藥櫃老店一樣狹窄又不知該從何找起滿滿的古怪塔位，只好繞路的她們屏息經歷了無數多人的骨骸，在整面都做成死金色的一排排櫃位之間尋找他的名字只像是在找一本冷僻古老的怪書，但她卻感覺一步比一步累加地疲憊地緊跟C步伐的聲音，他的背影倒映在高櫃之間一道狹長卻光亮的地上，她突然想起今早醒來就老跟自己說今天千萬不要太逞強。最後他們好像是繞遍了整個二樓才在最後一刻瞥見了他的名字就永遠隱身於暗巷末端隱藏於死角的冰冷無情高櫃邊……

其實她既是如此深受惡夢的折磨成癮，卻又完全不相信他還在受苦，也不認為他會需要她為他念經，也很討厭納骨塔裡的怪異象徵的死金色。但想到他搖頭說他沒有收到她念的經時，還是有種難過。她跟C說，來時山路上有另一個讓她好心動的火葬場前有一段彎曲的廊道永遠都會有趕不完的蝙蝠團團黑地飛出……

其實剛好因為老阿姨載了他們一程，正好在剩下的公車車程路線會經過媽媽囑咐她要去一趟的行天宮，但經過以往每次去完太過正派的大廟後反而卻更會疲憊不堪後，她根本不想下車，只在走回家的路上去了一趟土地公的貢品只放著原本只是在抽剛拜過他的菸，無意識的她始終還記得他過世那天還不知情的她一早醒來頭莫名其妙的痛……

其實那天去過納骨塔之後感覺有好很多，但後來還是三四點就醒了睡不著，但這回的夢她記得的部分，一開始是在前天去的納骨塔大廳她配的花束被放得遍地狼藉。後來更離奇的反而是她變成了他，在意外平淡的絕望的一念間決定動手，而下一幕睜開眼時仍然是在家裡，看見他母親在收拾他的屍體還彷彿還聽得到她說的話，卻已經悲傷到完全無法接受而顯得非常不堅定半信半疑地若無其事，痛徹心扉的後悔之外……沒有任何狀態可以挽回，再怎麼不信邪的她也還是在此刻深刻失眠；好像突然能領會任何人的出生即是在走向死亡，而這世上千萬年來無數多人的死亡裡頭，一如在路過無數多人的塔位，自殺的死亡所帶來的悲痛與荒唐也不過是裡頭稍微過分一點的一種，就是過分了一點而已……好像也不太是被獨攬在誰身上的慘劇。但他的家人應該都很怨恨她，然而即便她接受了他們的恨卻也無法給他們好過……打從心底不信任愛的她又如何給予相對存在的恨？她知道他也是如此不顧一切地堅定離開，看著天漸漸亮起卻也就安心地再次入眠了。

一如自從老師傅跟她算命後她就再也沒有夢見他。一如她請老師傅算命，他才開始滔滔不絕地跟她講了這個廟的王爺有多靈多厲害也沒法子救活他，一如任何神明……

她也因此想起他生前最後陪她上山找師傅時跟她說過的兩個好怪的夢。充斥著喜感而始終荒謬地糾纏不休……

第一個夢：「在某種黑漆漆龐大的廢墟建築群裡頭的我和妳始終太過激烈想找任何可能的奇遇……那一回太過敏感神經兮兮地意外發現而好奇地想進去拍照，但是始終有很多別的狀態在發生，後來很不願意的我只是不小心被找去見證某種未來，那古怪的地方最後要長成的另一種未來，而且可能會是用一種我最厭惡的極歡樂主題遊樂園般的特殊效果在發生。但是，也不能說什麼，只是更厭倦。後來走到了更裡頭的廢墟破樓所改成一個死白的場子，空氣非常稀薄而潮溼，所有人都在那裡等一個沒有人知道是什麼的表演，但是那些專業的穿燕尾服的音樂家們正用非常複雜的方式在準備，彷彿像要認真地表演一種從來沒有人看過的遊行或遊戲。

我們跟著很多人到了那一個廢墟旁比較空曠的地方等候，而且由於在正式表演前還有一點時間，我突然覺得好餓，就跑出來找東西吃，但是，那裡的路很混亂，樓房又破又爛，旁邊還長滿了藤蔓攀生的恐怖爬牆虎枝葉繁茂，所以餓壞了的我只好繞到旁邊另外一種比較大的大樓，終於找到了某個油膩膩的小店，有些看起來很令人不安而噁心的菜色，但是人還是非常多，然後又找不到我想吃的，我愈來愈虛弱，而且就在那邊愈繞愈久，那個破舊的廢樓地方仍然非常龐大，然後有些地方在發生著吵雜而喧譁的什麼，我並不清楚但是又不由得打從心裡非常地好奇。

夢裡頭，我們老在那個古城鎮充滿泥濘的路上拍照，可是我心中卻始終覺得要放棄，放棄那老地方也放棄拍照，後來，在路上有一個穿著很花俏燕尾服式花西裝的老頭看上了我，妳很生氣，那時候我正在那一個古老的廢墟裡的另一端死角拍照，我問他的看起來極專業那種手動那種昂貴相機，甚至龐大到像是長鏡頭按鍵極多極細的像大型攝影機器的怪相機，但是他一跟我談起就一直地說得不停，有種過度的好感，這令我很不安，而且分開不久後，太想對我示好的他竟然去買一臺完全一樣的機身走回頭來送給我，後來談了更久了一會兒他還更一直邀請我去在廢墟後他家的豪宅當他的模特兒讓他拍，甚至只要我願意也可以住在他家裡，甚至這整個老地方就是他的，裡頭還牽涉到太多，但是這一個死跟我的老頭好像希望我能陪他來接手這巨大的廢墟。我一直覺得很不舒服，因為裡頭不免有太多暗示，那個看起來很娘的老頭只是老在找藉口來接近我，或許只是要追我或是要上我，但是妳後來安慰我，就算我答應了不放棄拍照和廢墟，他也還是不一定能對我怎樣。所以後來我還是繼續跟他周旋，但這使我比在古城泥路拍照更疲憊不堪。

更後來，最後我們就被那老頭帶到那一個奇怪極了但又太迷人的表演，而且竟然被說成是音樂會，因為愈仔細看或仔細聽，就愈想笑，因為那廢墟的黝黑陰霾充滿的現場竟然出現了那一群穿非常正式燕尾服的男人們，但是他們都沒有帶樂器，只是臉上都變成一種奇怪的表情，每個人都不一樣，而且一直變化，十分繁複而高難度，就這樣安靜地死寂了好久好久，只有他們的臉的變幻，一直到最後，他們的表情突然都停住了，又過了一段時間的僵持，後來竟出現一個怪聲，我在懷疑我有沒有聽錯，但是又出現了一次，更響，更久，天啊！竟然是真的，他們竟然真的是用屁表演。之後，就一直參參差差地出現，忽大忽小，忽遠忽近，彷彿是專業的音樂家用長年練習才練成的精準來演奏，彈弓，撥弦，吹彈般地慢板快板裝飾奏然後還有各種聲部的對位賦格，實在是太難以想像也難以描述地荒謬絕倫，而且，不知如何地可怕地特殊效果在最後出現，那一如重炮聲響起《一八一二序曲》那種大炮巨聲地轟然，碰！碰！碰。好臭好臭的屁味才一起出現，但是，老頭和大家都假裝沒聞到，繼續充滿耐心地屏息觀賞，只有我們實在忍受不了那全場惡臭地落荒而逃。」

第二個夢：「我跟妳跟著去看拍A片的現場，我一直分心，太熱鬧而繁忙的現場卻有種疏離。但是，那每一個腳本和每一群人的演出都在不同的房間，開拍的他們仍然都很專注地打光調鏡位走位錄現場音。換妻俱樂部的密室偷窺老公一直滴汗又擦汗的現場。綁麻繩ＳＭ蛇縛的美女一直浪叫又忍不住也一直打嗝的現場。一個個裝潢出的醫院病房，人妻廚房，公園樹下，公車車廂的癡漢現場的種種彷彿都在哪裡看過但又不知哪裡怪怪的場景，一直有許許多多裸體又勃起ＡＶ男優們在走廊上跑步到每個房間去串場地不停闖入。

那黝黑的走廊裡還是始終顯得很古怪但又很隱密，使帶我們進來的那一團隊的人一直找不到地方，又找了好久，也協調了很久，最後才在走廊最後的某個最黝暗偏遠的老房間找一個鬼地方可以借來演，但是房間裡只有一個古怪的古代布景，很廉價又草率地搭起的某個彷彿在深山中一個破舊的古屋。

那一群人和女主角跟我們解釋：為什麼找一頭霧水的只是好奇跟來的我。她說他們想要找我在色情片裡面拍出一種很冷的感覺，甚至，抽象疏離到像ＣＫ內衣廣告，或００７或《不可能的任務》的有點色情的版本，演出我很煩惱但是沒有人看得出來在煩惱的那種感覺，但是我卻不知為何地想到我小時候看過的《山中傳奇》那種胡金銓式的多人都在山裡困住而完全找不到要找東西的那種困難，大霧中的迷路，充滿殺氣的一個森林，一群爾虞我詐的怪書生或老俠客的過招，甚至是一種更古的像某朝代的哲學式的人生體驗，或在山水裡或在園林裡自己把自己困住了的那種太狂妄的哀傷找出來。但是那根本就不可能，也拍不出來。何況，我其實只是A片的男主角而不是導演。

夢中，其實拍到一半的時候才發現糟了，被找去拍古裝色情片的我的正常形狀的大陰莖卻變形了，變成古怪的窄長方體而且是又小又冰冷到像小學福利社賣的那種冰棒，顏色是鮮豔到好像有加很多色素的有毒但又好看極了的橘，我不記得有抽送的過程，但是卻只記得勃起的窄長方龜頭黏著一團擦拭過的衛生紙，扭曲而黏稠，像是很不小心黏住又拿不下來，彷彿被某種人生無言以對的困擾所嘲弄的我，使得我也突然就停不下來地苦笑了，或就是像一種冷笑話，但因為在太古怪荒唐的地方和人群中被說出來，妳說，我的雞巴就好像想到小時候橘色冰棒那般地又甜又毒，就顯得好笑極了。」

其實夢外頭的他卻完全沒有這種荒謬的喜感和自嘲的氣力……

甚至自殺前的他有一回跟她提及了最深的無力感……他充滿自嘲老說他那幾年已然完全無法理解地頹喪疲倦到失控……像是手機快沒電，就不知怎麼回事地自動進入關機或待機模式，或就是當機了又不承認，仔細想想，前幾年太認真準備考試到……後來大病後始終恍神才感覺到近乎硬碟壞軌了或內燃機要搪缸了地出事……甚至，就更像是神通護體亂砍自己雙頰穿針全身噴血都沒事的乩童退駕，FBI老探員回老家當郵局笨局長……變回脈搏正常的百姓那般乖乖的但是又不知哪裡怪怪的，尤其每天去上課時坐進人群最邊緣聽同學們說用心的吆喝暖場但不免仍然是的冷笑話，那種溫暖幸福的無比愚蠢真是令人開心，太過庸俗也太過客氣的俗套但是卻完全不需用力的另一種人生尋常的熱鬧，上課永遠荒謬起鬨青春同學們的無趣沉悶一如看極火熱獎金的大摸彩、聽極認真歡唱演歌的那卡西、和全場令人精疲力竭用大聲的麥克風用力地致詞表演串場……

她老想起他生前最後一回……她還曾經陪太痛的他，又去找那個老師傅收驚，那幾年疲憊不堪的他在邊收驚邊下手愈來愈深還提及最近好多狀態的令人不忍……殘酷而屏息，月球背部不能面光的陰影深入的遠方，遠離塵囂而仍然陷入歧途……種種人間角落的無人照應，太多太多的近乎不可能想像的孤獨所陷入的可憐兮兮……

老師傅嘆氣地說：任何人都會出現這樣的陰影陷落的死角……我看太多也救太多，但是其實任何神明也救不了……有一個老想不開的女信徒和他一樣疲累，始終全身一樣痛，她那從小也老腦袋太複雜而心情太不好的妹妹長大地很辛苦，後來所生下的小孩也遺傳了心病，長年地沉默孤僻，後來長大了，卻廢了，還是充滿了小時候心情跌落無法起身的深淵，長年的焦慮，有壓力就會摔家裡的東西，無法出去工作到後來甚至無法出門，然後太激動時會動手打家人，甚至打自己……好幾回一臉是血的母女一起躺在急診室悲嚎哭鬧……

另一個是四十幾歲的兒子，跟父母住，不工作，整天遊手好閒，在老整骨店附近巷子裡逛，晃來晃去，常常喝酒，出過事，就被告誡，但是心情一不好，就坐在頂好外的坐位，桌上放礦泉水，但是假裝發呆，主要是偷偷一口一口喝小瓶放在口袋裡的威士忌。眼神閃爍而不安，臉孔扭曲成一團糾結無序的不知如何是好，彷彿有人要害他或監視跟蹤難以脫逃……那真是某種死角裡的光影末端的陰霾充滿，《魔戒》裡咕嚕那小妖怪內心深處永遠兩難的對人間的狐疑心眼……

老師傅說他看過太多人間任何人都雷同的狐疑……那還是幸福的，因為還有更悲慘的陰霾充滿死角，在心眼到不了的最深處，令人無言以對……因為他年輕時候太長時光曾經泡在一個老醫院，近乎沒日沒夜地拚命工作過很長一段時光，看過太多太多令人無言以對的畫面。

一如他老記得的某個停屍間旁的地下室走廊，不知為何出現了某種難以置信的重病復健的樓層。有太多太多奇奇怪怪的病例……一顆眼珠瞳孔全部死白的中年男人始終在對半空中看不見的什麼說話，一隻右腳浮腫二十年的年輕熟女成天抽搐地哭泣不已，還有一個老頭的頭骨破洞到半顆頭崩塌，但是眼睛仍然充滿戒心地四處張望病房裡的人們，邊看邊笑……

還有令他最不忍心……有一個不到十歲的小孩自己忍耐極端痛苦而努力地沿著牆壁扶著單薄的扶手向前艱難地一步一步地移動，想要向近在眼前卻像天涯的下一步再跨步一點點，但是全身癱瘓般地無法協調肢體末端來走路的搖搖晃晃，非常悲傷，近乎不可能地緩慢，任何神明也保佑不了的暗影死角的任何人永遠無法理解……他說那小孩每個晚上都在那裡苦心練習，但是每晚一定都痛到邊走邊哭……

L'abécédaire de la littérature

字母會

q

任意一個

comme Quelconque

陳雪

院子裡有花，陽光從棚架攀藤植物葉片間灑下，圓木桌，長板凳，靠外牆那邊有個小小水池，池邊覆滿苔蘚，水中搖曳水草，新近有魚，是鄰家孩子拿來放生的大肚魚。右側牆角一棵高大的松樹多年前被移植過來，樹幹上掛著鹿角茸，都長得枝繁葉茂。

「早餐做好了，有蘿蔔糕、土司、咖啡、紅茶跟豆漿。」有人喊著。四五個人就開始張羅杯盤碗筷，找位置坐下。

我拉出板凳，就見他們一前一後走出來，蕩哥端著咖啡壺跟豆漿，小苗托盤裡裝著滿滿一盤煎好的蘿蔔糕，烤好的土司疊得像小山一樣，旁邊是幾份堆高的荷包蛋。

院子裡飄散各種香氣。男人、女人、食物、花草，冬日裡的太陽，在中午十二點露臉，這時間吃早餐在工作室是正常的。

小苗坐我旁邊，蕩哥坐我對面，還有攝影師大東、美術系學生小丁、花花、人體模特兒依倫，這一頓早點大概會吃到下午三點鐘，中途說不定還會有誰加入。畫室有自己的時間感，蕩哥喜歡吃早點，即使傍晚六點也可以做早點吃，入境隨俗，時間彷彿融化在空間裡，人與人的界線也是，我猜想許多人來到這裡就是喜愛這份隨意不拘。

蕩哥眼神裡有憂悶，小苗的表情則看不出喜悲，大夥閒談，主要還是蕩哥說話，下午一點半我欠身說：「我們得走了，下午有課。」我與小苗得先走，她似乎鬆了一口氣，也好似有點惆悵，但或許這都是我的猜想。今日下午，我們要去挑婚紗。兩個月後我們即將結婚了。

昨晚大家都喝醉，東倒西歪在畫室打地鋪，木頭架高鋪上板子的客廳東側，平時讓學生習作、開會，或朋友們聚會清談，夜裡棉被一攤就成了容納得下十多人的大通鋪，這座爺爺遺下的老屋經過修整，還保留古味，屋裡卻是不像畫室也不像工作室，更像是一個舒適、開放、由人進出、不拘禮法、儀節、隨性所至之處。今晨我也在酒後與眾人一起倒臥而睡，醒來時小苗不在身旁，我心中那不安的預感又蠢蠢而動，起身後看見小苗在廚房跟蕩哥一起準備早餐。除了早餐，他們在廚房還做些什麼呢？我不願猜想，但猜想總是揮之不去。我等待著突跳的心情鎮定下來，正如過去的幾個月，我在等待我自己都不確定的事物到達，等待不知該不該發生的事件發生，我靜靜等待，我即將與小苗結婚，但我的心裡仍感覺等待是無止盡的。

等些什麼？大好大壞，我祈求無論是什麼，都給我個痛快。

「故事是沒有開始也沒有結束的：你隨意選中一段經歷的某個時刻，從那兒追溯過去或瞻望未來。」那是我非常喜愛的一本小說的開頭，小說家擅長書寫嫉妒與猜疑，是細讀翻讀過無數次的小說，印在心版上變成像是咒語一般的這段文字，故事是沒有開始也沒有結束的，但這是關於誰的故事？我是即將當新郎的人，但這似乎不是我的故事，我只像一個偷窺者，甚至是一個設陷阱的獵人，暗暗等待、窺視。

蕩哥將小苗抱上流理檯，就在蘿蔔糕煎得表面金黃熟的短暫時間裡，熟練又快速地深入她，使她發出比尖叫更驚人的沉默，或許是第一次或許已經很多次，他們並未因為時光短促而感到不滿，而是因為這份短促就是他們的命運。

那畫面是夜裡猛然驚醒眼中殘留的最後印象，我知道是夢，是白日的想像翻印成的夢境，足以說明我並非不疑心、不擔憂，但我不只是這樣的人，夢無法顯示出全部的我。我額頭冒汗，全身打顫，心裡慌慌的，小苗身體的溫熱還在，圓潤的手臂緊貼著我。房間裡半暗，白色窗簾透進淡淡的天光，凌晨三四點，我轉頭看她的睡臉靜靜，有著白日裡沒有的恬靜，小苗依偎在我身旁，這或許是最後一次了。

每一天，我總帶著末日的心情，真不像是即將結婚的新人，可這份末日危機使我愛得更深，使我進入三十年生命從未有過的深淵，那既是快樂的極致，也是痛苦的絕境，我彷彿可以因此透徹看清生命裡所有經歷，看清我與他之間繁複的愛恨情仇。

本來，他們可能是一對戀人，將來是或不是，有或沒有，全取決於一念之間，踩煞車的人不會是蕩哥，那會是小苗嗎？或他們只是被禮教所縛，若有一日越過了防線，那定是兩人共同的決定，愛情是誰都阻止不了的，如果說這個愛情沒有具體發生，也只是他們對我的仁慈。

他可以是任何人，可他偏偏是我父親，她可能是任何身分，然她即將成為我妻子，我的未婚之妻與生身父親正飽受曖昧之情所苦，深淵前的緊急煞車、恐將跨過最後防線，他們顧忌的可能不是我，但終究還是與我有關，一切變化我都看在眼中，看似偶然，卻充滿我刻意的斧鑿之痕，但我操弄這些事，卻又是出於不得已，然而距離婚禮還有兩個月，我隨時有機會按下暫停，取消、阻止，但我遲疑著，而或許讓這些事都發生，一切都不會再有變動了，才是我真心想望。只有結局，才能停止變化。

父親年輕時是個美男子，即使如今已接近六十歲，依然精壯，他的英俊不受歲月侵襲，甚至，時光為他增添了幾分滄桑成熟，更顯熟男氣質，一生外遇不斷，卻苦於無法離婚，終於在五十歲那年母親主動與他離婚，此舉於他有如回春之藥，隨心所欲使他更有力量，他完全搬到畫室居住，畫室常出入、盤旋的除了助手、學徒、友朋，以及那些不定時更換的「模特兒」，總有人後來會成為父親的情人。

小苗不是父親的模特兒，而是前來採訪的雜誌文藝記者。

父親的油畫風格頗有印象派之風，水墨更是大塊天地，他是自學成家，半路出師，在畫壇名氣不高，成就有限，與其做為一個藝術家，他更接近為一個「生活家」，其隨性、瀟灑、狂放不羈的生活方式吸引了一票浪人與文青跟隨，不斷擴建的畫室逐漸變成「公社」一般，那些學生、信徒、收藏家在畫室自由進出，高談闊論，自烹自食，屋裡幾乎總有人在喝酒、畫畫、唱歌，假日裡甚至會在門口擺起小小市集，舉辦小型畫展或手作藝品展售。而這些聚會，總會在父親的「情人」固定下來時，進入一段停歇，隨著父親情人身分的變遷，聚會的群眾也有所改變。

父親不是凡人，他是能脫離塵俗之苦的人，他所欲所想所作所為都不如我們這些飽受道德禮教禁錮之人，常理或常識在他眼中如無物，可他也不狂悖喧鬧，大肆破壞，他只是安靜自由，閒適優雅，活他自己的道。父不父，子不子，兄弟不兄弟，老師不老師，什麼正常身分套在他身上都不合宜，父親的行事風格，都圍繞著他心中的美。我也喊父親蕩哥。比起做為一個父親，他做為我的朋友更加合適些，但只要我往他身邊一站，任何人都可以一眼看出我與父親的神似，「你是好人版的蕩哥。」小苗一開始就這麼對我說，我是好人，所以我不會是蕩哥，父親身上拋卻的，都在我身上凝結，固執、負責、耐心、忍讓，以及癡情，這些是旁人對我的評價，都是父親沒有的「美德」，可我雖神似父親，甚至還比他高了五公分，這些所謂的「人性優點」

就足以將我弄成一個山寨版的蕩哥，魅力全失。

什麼人會需要山寨版的蕩哥呢？是那些在父親身旁掙扎徘徊，或心碎離去的女子，我母親，或當初的小苗。

我初識小苗時，她是父親當時的情人兼經紀人李心夢的友人，因為一次採訪而與父親相識，此後經常到畫室做客。心夢與父親交往兩年，為對事業沒有太大野心的父親規劃許多展覽、安排採訪，積極地作為也積極介入父親的「畫室生態」，不到半年時間，她成了第一個住進畫室的女人，一向隨性的父親生活也逐漸變得忙碌而緊湊，以往幾乎每天聚會的朋友四散，父親相當鬱悶。今年夏天心夢為了安排父親在大陸的第一次展覽，去了一趟北京，那個星期畫室有如狂歡節，所有朋友們幾乎約好了似地密集聚會，那一週，大夥時常在客廳窩睡，大冷天裡，我也與當時正因失戀所苦的小苗合蓋過一張棉被。

事發在心夢回臺後，歡鬧的氣氛未散，大夥還是常來，父親收不住心，心夢非常不悅，聚會時間大夥常與心夢起衝突，僵持氣氛濃重。一夜眾人又是清談飲酒至凌晨，那晚我不在，聽說隔天中午心夢起床時，看見父親與小苗在客廳裡「擁抱」。心夢長期的不滿與懷疑終於爆發，幾人激烈衝突，小苗挨了心夢一巴掌，父親打電話要我將小苗帶走。

「我沒跟蕩哥怎樣。是我心情不好，他正在安慰我。」小苗說。我有預感，她希望我成為證人，為她作證清白。

心夢鬧了好一陣子，在父親的默許下，畫室又恢復了自由來往的習慣，甚至變本加厲，有時幾天幾夜屋裡人聲都沒停過，最後是心夢搬出了畫室。事情鬧了兩個月，父親最後將所有活動停辦，與心夢分手。

我就是在那段眾人與心夢對峙的時間，逐漸與小苗熟悉，每次聚會時，都是我送她回家，她不曾在畫室裡過夜，但也沒有因此不來參加聚會，某個深夜我不知哪來的勇氣，開口對她求愛，她爽快答應，還說：「我一直在等你開口。」我們的交往順利，兩人不知怎地就是非常相合，每次約會完，我們就會到蕩哥的畫室坐坐，大夥都給我們祝福，秋天時我決定與小苗在年底結婚，蕩哥一口答應。或許蕩哥在我面前仍記得自己是父親吧，小苗一旦與我結婚，就成了他兒媳。

我沒有問過父親與小苗究竟有沒有「睡過」，小苗說沒有我就信了。我在乎的只是我們交往後他們能否保持清白。但這樣的在乎，卻成為雙面試探，我知道小苗喜歡蕩哥，她喜歡我帶她到畫室去，我也知道蕩哥喜歡我們一起出現，那段日子雖然已與心夢分手，宣稱「被女人嚇怕了」的父親，沒有如往常那樣投入新歡的懷抱，因為可能的新歡已成為我的未婚妻，倘若最初小苗與我交往是為了避嫌，如今也已成事實，但我隨時都可以退出，即使婚期已定，我還有機會喊停。我日日逼近那個試探，卻沒有把握通過考驗。

父親不能睡兒子的妻，那麼兒子就可以奪走父親的女人嗎？

小苗許多次與我談及蕩哥（我們都這麼稱呼他，彷彿這樣就可以沖淡某些罪惡的氣息），她總是說：「我這一輩子受夠壞男人了，我不會愛上蕩哥那樣的男人。」這種太規矩的說法，更讓我起疑，陰影上身時，我甚至懷疑連這樁婚姻都是他們遮蓋戀情的幌子，小苗做為我的女人，更可以合法合理地親近蕩哥，即使沒有真的曖昧，情欲的偷渡也是在所難免。

為什麼一定要是小苗呢？他可以睡任何人，然而，即將成為我妻子的小苗在他狂悖的欲望中，已成為最唾手可得、卻也最遙不可及的存在，正是這份挾帶威脅、罪惡感、背叛、與「我不可奪我子之妻」相悖、「為何不可」的欲望，使得一生裡始終無所顧忌的父親，成為欲望的囚徒，小苗從一個長相平凡、姿色普通的女子，成為他夢裡的絕色，無人可及。

我大可轉身離開，不再介入小苗與父親之間，讓他還是蕩哥，而我就是那個「總是收到好人卡」的濫好人，依然回到我與那些長腿辣妹注定慘敗的遊戲，然而我也被魅住了，我心中有兩股力量交織，一則是我對小苗的喜愛，另一則是對她未來的擔憂，我完全知道她與蕩哥交往會發生什麼事，蕩哥只喜愛追逐不到的人事物，任何需要穩定下來的狀態都會使他想逃，我不願見到小苗為蕩哥心碎。

那些瘋狂的念頭折磨著我，小苗也為此所苦，即使我從未指責她。

今日午後，我是在小苗試穿第三套婚紗時突然開竅的，過往幾個月腦中彷彿死結般愈纏愈緊的念頭，那既是愛、恨、嫉妒、恐懼、憐憫、悲傷的情緒，突然全部鬆開，因為小苗太美了，我不曾在畫室裡看過她這個模樣，過去，她總是穿著隨性、甚至有些男孩子氣，她似乎刻意隱藏自己的女性特質，想要在蕩哥面前做一個「同性知己」，後來幾次歡愛時，小苗流著淚對我說：「我從不曾如此愛過一個人，你讓我非常安心。」我總以為那就意味著她是為了安全感而選擇了我，而她心裡依然渴望蕩哥那樣的壞男人。

開竅的感覺如同花的綻放，無意間就存在那兒了。我茅塞頓開，唯一可以對抗我的猜疑與蕩哥的威脅的，只有堅定的愛，我赫然發現這一切無常的事物中，我是可以做決定的人，有別於母親終身的痛苦，有別於蕩哥那些最後悲傷離去的女人，我早就可以不做那個小時候總負責安慰母親、又要在心中不斷為父親說話的孩子，我不用像父親，毋須追求他那種無拘無束的人生，我想要的，僅僅是去愛人，去真實地守護著我所愛的，儘管，最後她可能會讓我非常傷心。我能夠預先地原諒，我可以為小苗做到這些，而不是眼看著她邁向深淵，卻只在意自己是否被背叛，我甚至可以為父親做到這個，他一生追求自由，卻反為欲望的俘虜，他盼望能補償我，卻即將重重傷害我，這些我都知悉，我不能只是被動地等待，甚至悲觀地預見「父子相殘之日」的到來，那樣會毀掉所有人。我即將原諒，並且深刻地理解，人心是多麼脆弱，我們是如何地拚命追逐幻影，為不可知的狀態著迷，我們相信愛是一種疾病，無法抵抗，我們將命運交給隨時可能踏進我們的世界，將之掀翻、毀滅的人，但我不做這樣的人，我要做的僅是去愛，不計較個人寵辱、尊嚴，甚至，不隨著情緒擺動，不因對方的反應變化，我愛的是小苗，而非擊敗父親的感覺，我知道小苗受到父親吸引，然而終究是會過去的，即使，有一日，他們要拆毀這一切，奔赴那始終吸引他們的相會，我已經預知了這一切，那是我無力阻止的，但我也不要再去試探、設陷阱。

就讓我愛著，以堅定的愛對抗無法預測的命運，以及人們總要一再重蹈覆轍的惡習，就讓我愛著，因我發現父親已經變成了怕老、怕醜、甚至擔憂自己風華不再的「老人」，我不再覺得自己是次級品，是山寨版的蕩哥，因為其實我早已活出了我自己，我堅定、癡情，不是因為我沒本事壞，而是我總是想要去愛，而不是去掠奪。

就讓我愛著我即將的妻，以及她腹中的孩子吧，唯有貞定可以破解那屋裡始終徘徊不去的亂倫的魅惑，我唯有強大起來，才能讓小苗不再混亂。而那時，我相信蕩哥會感受到我的力量，他會知道，不是只有毀滅所有，才可以得到自由。

從婚紗公司走出來，車子開向畫室的方向，我心中不再如往常，因驚懼可能會看到蕩哥與小苗的親密而身魂俱裂，我意志堅定，心神安穩，就讓我愛著，無論是傷害我、負棄我的人，我是如此地愛著你們，因為你們不是任何人，而是我的至親，就讓我強大地愛著，那可以將悲劇扭轉，助我們度過難關。

L'abécédaire de la littérature

字母會

q

任意一個

comme Quelconque

黃崇凱

那晚我去看前女友二號。我醒在不熟悉的床，氣味陌生的房間，時間是凌晨四點多，身邊的男人發著鼾聲。我輕輕掀開被子起身，尖著腳，繞開嬰兒床，關上門，到客廳沙發坐下，先弄清楚一些基本事實。

我翻出包包和皮夾，清點內容物，信用卡信用卡金融卡護手霜護唇膏吸油面紙護墊紙鈔零錢身分證會員卡集點卡，這些拼起來就是這女人生活的表面積。我拿起粉餅盒，端詳鏡子裡的臉，法令紋深了，魚尾紋多了，膚色較為黯淡，但整體來說還是我認識的那張臉。我褪去身上的睡衣、內褲，站到門口的穿衣鏡，仔細檢視這個女人的身體。啊我曾多麼喜愛這對乳房。試著晃動上半身，引力的拉扯訴說著平衡，以她的手輕輕握著，觸摸肚腹鬆垮的褶痕，側著身，看見臀部下擺和大腿的橘皮起伏。我動動手腳，起立蹲下，做兩個伏地挺身、仰臥起坐，青蛙跳三下，試著起身向後彎曲打個人體拱橋，失敗。

地板有些涼，我起身，穿回睡衣，看房子那樣在公寓裡走走看看，廚房潔淨，杯碗倒扣，冰箱充滿，磁鐵貼著幾張食譜、外賣菜單。書房有兩組桌椅，各擺一臺筆電，桌上散著各色紙片、原子筆，幾本時尚雜誌，幾本談穿搭、收納整理的書。打開電腦，習慣性點開那些社交網站、電子信箱，一一瀏覽這個女人的資料庫，很快歸納出過去一星期她去過哪裡、吃過什麼，跟什麼人碰面或聯絡。這是沒有我的世界。從我們大學畢業後第二年分手以來，十年過去，她結婚生子顯然有個還不錯的家庭生活。至少從我的角度來看是如此。

手機充電中，我拿起來，一一點開應用程式，一個訊息串粉碎我的假設，對方是她的情人，他們昨天下午才見過面。

我想到我們最後一次見面在摩鐵。說好要分手，在我幾乎跪地懇求之下，她終於答應跟我做最後一次。像是動物將死前突然覺悟了死的存在，我努力摩擦與噴射，想做到筋疲力竭再也硬不起來似的拚命做。但她在我嘗試做第二次的中途變得很乾，頻頻喊痛，停止，之後她去沖澡，裹著浴巾坐回床邊。她說，就這樣吧，不想最後一次那麼痛。我要走了，以後你好好照顧自己。她說的話好像是我不熟悉的方言，只看得見她嘴巴開闔，語音懸浮，房間的門打開又關上，剩我裸身躺在潔白的床鋪，那些句子的意義才漸漸被辨識出來。我的老二，就在那時，無端站了起來。

我開始回溯認識她的起點。那是大學的開學日，全寢室友住進來了，老鼠起鬨說要打分機找女宿的聯誼吃宵夜。猜拳幾輪，決定由我來打。當時男女宿可直撥內線分機接通，限時五分鐘自動斷線，意思是我得在這時間內提出聯誼邀請並說服對方答應。那時全臺手機尚未普及，最紅是摩托羅拉的小海豚，同寢室只有老鼠成天拿在手上像是恐慌症者握著復健球，他得時時應付女友查勤。

我隨意按四個號碼，兩三聲短促嘟嘟音，再拖得長長的一聲，像鉤子把一個遊蕩的喂勾了起來。我簡單介紹自己哪一宿哪一寢，提出聯誼邀約。接電話的女生安靜聽完，說要問問其他室友，請我十分鐘後再打過去。我掛上電話，室友圍繞，有人說要是她們開會決定不要怎辦，有人回怎辦就再打其他寢室啊這麼大一個學校還怕找不到嗎，有人回也是。但我擔心的是她們決議答應怎辦，要是得過橋進市區，我什麼路都不認得，載個妹一起迷路感覺就很不罩。十分鐘貓一般滑了過去，重撥，對方立刻接起說，其他人都說好，那我們怎麼約？我說，九點半直接約在校門口集合，（老鼠做出催機車油門的手勢），我們有騎車。小小的寢室歡呼了，像是同時中了統一發票兩百元，而我們馬上要去郵局兌換。室友換上前幾天在五分埔服飾店買來的帽T、滑板褲，一點沒察覺我們不是要去溜滑板。

真見到面還是怯生生，四男四女打完招呼，一時無話，老鼠說不如我們去永和喝豆漿（不愧是在臺北蹲過重考班的老鼠），不知道路的就跟他的車。接著是分配問題，誰跟誰一車，又是老鼠說男生們把車鑰匙拿過來。他放進他的全罩安全帽，搖骰子那樣搖著安全帽，請四個女生伸手抽鑰匙。我的腦子還沒擺脫排列組合的陰影，她就站到我面前了。她帶著笑渦說，剛才是你打來的吧，幸好是抽到你的車。

這個她就是我眼前螢幕反射的她。那時候我當然不可能知道，在喝過永和豆漿大王之後，我們還能繼續聯絡，時不時約了在學校餐廳吃自助餐，晚上在外語學院和女宿之間來回散步。這些在她跨上我的ＪＯＧ５０時，成為虛線般的存在，我只是把線一一連起來。我們在路上交換淺淺的身世背景，諸如哪裡人、讀什麼系、為什麼讀這個系等等。我們根本不可能對各自的哲學系和日文系有任何理解，她只知道要背五十音，我只知道我會轉系。主題式交談像收訊不良的廣播，斷斷續續，我還得盯緊老鼠的迪爵１２５車尾燈，免得跟丟。她問，其實我真的很好奇，你們怎麼會想這樣子亂打電話邀女生聯誼呀。我說我才好奇妳們怎麼會接受哩。她在後座輕輕抓著車尾，胸部與我的背部偶有接觸，迫使我像個三岔路口那麼緊張。

想到她的胸部，我左手扶著她胸下，伸出右手觸摸，放開，一手一乳畫圓搓揉，像在檢查這對胸部有沒有不正常的硬塊那麼仔細。這就是我曾花了多少時間，撫摸、想望和喚出畫面的器官啊。那時我多麼希望路上突然有個小窟窿，將她彈向我的背。但只有她的話語在彈著我的耳朵，她說，才開學，反正也沒事，就來看看聯誼在幹嘛。不然人生地不熟，也只能待在寢室睡覺。

抵達永和的豆漿大王，點好各自的豆漿、燒餅油條和蛋餅，老鼠招呼大家自我介紹。他像個開導生宴的老師，要同學別害羞扭捏。輪番說完，一片沉默。他又說，不如我們來玩真心話大冒險，接著掏出一副撲克牌（可真是有備而來），發下的八張牌會有一張鬼牌，人人輪流做莊出題。

「那我先來示範喔，」老鼠一邊洗牌發牌，一邊教學，「抽到鬼牌的人呢，看是要講一件祕密或糗事，還是要大冒險。」

抽到鬼牌的是我。

「來來來，你要真心話還是大冒險？」

我沒什麼好說的，大冒險。

「那好，你去問櫃檯阿桑：『這裡有饅頭夾蛋嗎？有鹹豆漿嗎？那有沒有小籠包？』要很猶豫很難決定的樣子喔，然後等阿桑回答完，你再跟她說：『我決定好了，那就來碗綠豆湯吧。』」好你個老鼠。

穿著豆漿大王圍裙的阿桑像是對這種無聊的大學生遊戲見多了，一臉冷靜聽我問、簡短答，最後說這裡沒賣綠豆湯喔。我臉紅回座，第一個笑爆開，破冰了。

那個夜晚我們賴在豆漿店裡，聽了一些真心話，做一些吃大家沒吃完的組合剩菜拼盤、跑到街上喊某某是大白癡或我愛阿匹婆之類的蠢事。大家似乎都比較放鬆、自然聊天之時，老鼠提議改玩國王遊戲。

「規則很簡單，抽到鬼牌的人可以先下指令，例如1跟5要擁抱三十秒，或者2跟4要假裝合舔一球冰淇淋之類的，我想大家都很聰明，一定可以想出很多有趣的點子。」

老鼠抽到鬼牌，他說：「啊哈，鬼牌在我這，大家先自己看好不要亮牌。」他想了一下，「好，我決定2跟8互親臉頰。」捏著這兩支牌的我另兩個室友露出驚駭表情，兩人都非常不甘心怎麼不是跟女的，笑聲跟驚呼的背景音已經鋪墊好了。

「啊哈，鬼牌又在我這，嘿嘿。」老鼠又指定出一組女女親臉頰。幾乎玩開了。每個抽到鬼牌的人都沒法像老鼠那麼氣定神閒說出指令，多半是模仿、要不就是無傷大雅地抱抱、餵食、喝交杯豆漿。但那也差不多很夠了，我們已像是同個社團出來吃宵夜那麼自在。大約剛過午夜，我們按照出發時的人車配置，啟程回學校。

我捧著她的臉，對著浴室的鏡子說，妳還記得嗎？那晚我們玩到最後一次的國王遊戲，老鼠又當國王發出指令，要我們做出「老漢推車」——由妳抓著我雙腳腳踝，我兩手撐地，就這樣在豆漿店走道來回兩趟。回程路上，妳一直說老鼠好壞而且到底是從哪裡學會這些有的沒的呀，簡直整人專家。我們回到校門口說了再見，各自回宿舍。

大概一小時後，一場劇烈的地震把宿舍的學生搖撼出來，有人在暗夜校園喊著大家到空曠地方，一群群像魚游動的男女，穿著拖鞋和貼身衣褲，老鼠一手拿著小海豚，一手跟我指指點點哪些女生穿著小可愛激突超明顯。有人拿著手電筒引路，遠遠有警鈴急促劃破黑暗，公用電話排滿等著聯絡的人，拿著手機的人似乎反覆撥著同樣的號碼卻很少接通。人群或站或走，移動緩慢，彷彿恐怖片裡的活屍。我走到她宿舍附近，試著在漆黑草叢之間搜尋她，喊出的名字飄散在周圍，終於被她拾獲。她說，我要去排隊打電話跟家裡報平安，一起來吧。困倦突然在找到她那一刻如雨落下，我們排在人龍裡等著，昏睏地聊。有人在幾波餘震過去，紛紛回宿舍繼續睡眠，有人守夜似的待在外頭，也有些人跑出學校查看外面街上的狀況。

天將亮的時候，我回到寢室倒頭睡下，模糊間聽到室友的收音機播報新聞，離學校不遠處有公寓大樓倒塌，警消人員還在救援中。那段時常停電的日子，我常常跟她結伴吃飯，好像也沒嚴肅地確認過彼此的關係。幾個月過去，一切地震的痕跡已清場抹平。有次我一時興起想看看那幢斷裂大樓，騎車到現場，像是巨人的牙齦正在清創，準備日後植入新牙，地基周邊馬路散落著瓦礫灰塵，警示燈閃爍。我注意到斜對面是個小學，每天每天，全校師生都得經過災難現場上下課，看它從躺平到消失，幾年後，又慢慢站起來。很多人在這個漫長的重建過程中畢業離校，或也很多人的整個童年就看著一個工地變成另一個工地，伴隨建築物一塊長高了。

在一樣的時段裡，我轉系不成，結果還是拿著哲學系學位入伍當兵，退伍成為整天看房子的人。她的日文愈來愈好，畢業進了日商公司。她稱職地做著女友該做的事，聽我打去的電話、收我寫去的信，放假陪我開房，撐到我退伍後的幾天。她跟我說，「我喜歡上別人，沒法繼續在一起了。我對你很抱歉，但我們還是別勉強彼此比較好。」現在我托著她老了十歲的容顏，回想起這些，只想來次痛快的手淫。

我進了廁所，坐上馬桶，閉起眼睛，我還是我自己，以她的手撫摸她的身軀，深入她的內部。好像要從陰道把我自己的靈魂掏出來似的，加快速度和力道，刺激那小小的按鈕，分泌陣陣濡溼。並沒有爽的感覺，只覺得徒勞。停手，坐在馬桶發呆。即使短暫占領了她，卻還是無法多瞭解一些她現在的生活，她想些什麼、被什麼困擾等等。翻看她的手機，反覆看她與情人的訊息，大致得出：這人應該是當年在我之後的交往對象，他們近兩個月才又聯絡上，藉著召喚昔日戀情細節的種種加溫，他們偷偷見過幾次面。最近一次就是昨天。分手超過十年的前女友又睡了她的前男友到底意味著什麼，似乎不是重要問題，我該納悶的是那人為何不是我。她在我的意識下夢遊，像是第一人稱視角的電玩遊戲，我翻閱過手邊所見的資料，還是失憶般不怎麼瞭解這女人。又或者那類似穿越時空，我認識的她就定格在十年前，她度過的這段光陰，於我只是空白。她有丈夫、未滿週歲的孩子，正在休育嬰假，擁有大把時間調養自己，還有空偷情。即使我穿上她的肉體，仍然無從看穿她的底牌。臥室躺著打呼的傢伙也是，他對我、對昨天的男人可能皆一無所知，他參與她的生命，共同造出新生命，從此把他們的一生綁在身上。我深表同情。

我窩回昏黑客廳的沙發，試著再挖掘記憶一匙。關於看來總是很有辦法的老鼠，我記得他某天氣噗噗回到寢室，手上掛著安全帽，嘴裡罵著髒字，他說不過是停下機車沒熄火，進路邊超商買包菸，出來就看到機車在眼前一溜煙揚塵而去，他戴著全罩安全帽跑了一段，追不上，想說算了等等報案，先抽根菸再說。沒想到全身口袋一個打火機也沒，又想到打火機在皮包，而他的皮包放在車廂裡，全都被騎走了。不知為何，室友沒人同情他，只想到「他很機車，所以被騎走了」這個冷笑話。

老鼠心情不好，翹腳躺在床上貼著小海豚講長長的電話，我們既不敢開他玩笑也不敢要他講話小聲點。靠近午夜，他跳下床，宣布老子不爽要去找馬子打撞球。他接下來的動作隨即捏碎我腦中建構的兩人貼身握桿瞄準母球的畫面，一邊激烈擺動鼠蹊部，一邊拖長音喊著我要狠狠撞球啦幹。臨走前，他說你們加油，看日文系那幾個馬子要不要給你們撞球哈哈。我們終於可以好好睡覺了。

那晚聯誼後，似乎只有我還跟她有在聯絡，其他都變成只是遇到打個招呼各自別過臉的不熟朋友。大二之後重新分宿舍，有人在外頭租房，更是沒往來，我也跟大一的室友疏遠了。那之後偶然遇到老鼠，我問他為什麼那時有女友了還要聯誼。他說你阿呆啊，只是認識認識，又不會怎樣。何況她們怎麼知道你有沒有馬子。你還沒住進來的時候，我也約過一攤食品營養系的去逛士林夜市，阿娘喂，根本怪獸兵團一點也不營養。我勉強跟她們上了公車出發就開始後悔，最後敵不過我的良心，找個藉口就下車了。你算運氣不錯的，找到那幾個日文系的還可以。我那時就看你跟那女的有看對眼的感覺，特地製造機會讓你們老漢推車，怎樣，爽不爽，你應該請我吃飯感謝一下才對啊。

看我疑惑，老鼠說，你以為那是普通的撲克牌嗎，我他媽跟賭神一樣，你們拿什麼牌我一清二楚啦。

我起身，走回房間，嬰兒在嬰兒床裡睡著，有股淡淡的奶香跟屎味。床上的男人鼾聲稍止，被子被踢開掀起了一角，我注視著他，完全不認識他。跟三個陌生人共處一室，好像又回到大學的第一天。

她睜開眼，平凡的天花板，頭有些悶悶的痛。暫時不想起身，但可以感覺光線小心緩慢地走了進來。惺忪半醒，嬰孩的哭聲插播進來。又是一天的早晨。

L'abécédaire de la littérature

字母會

q

任意一個

comme Quelconque

童偉格

主的平安，祈願確是，因祢再找不到，如我這般險詐的間諜了。盡我所能，我默擬這份草稿，如同之前，我記憶它每回修改，盼望將來，我終能將最真版本謄寫出來。這是我這類人的用處：如影隨形，記錄經歷，成為見證。一百三十年前，皮薩羅麾下那無名小卒，是我最尊敬的嚮導與對手。不僅因為那時，他隨皮薩羅僅剩百餘兵眾，在新世界據點，熬過近十萬印加大軍壓境的恐懼，在決戰前夜亦不動搖，盡責站好最後一班崗哨，冷靜自持，與敵軍聚成的黑夜對視，如為自己亡靈守夜。不僅因為次日，他張大一雙因饑餓而朦朧的眼睛，仔細觀看薩帕・印卡，「獨一無二的君主」，如何坐在印加貴族肩扛的王轎上，一步步晃動整個帝國，晃進流沙般的陷阱裡。更是因為那時，在完成關於那場戰役，最翔實可信的見證後，他選擇不署名，彷彿那樣做，會落實某種玷汙。我知道：平靜看待自己將臨之死，與細心觀望一整個帝國潰敗，兩者，都需要巨大勇氣。我亦知道：要如我嚮導般，衷心認知到見證之必要，但那遠遠絕非個人成就這件事，除了勇氣，你還需要更難解的美德。

據我嚮導所言，彼日，當近十萬印加大軍，在約定會談的廣場上列陣，從某個隱密門洞，皮薩羅用他顫抖食指，發出一道密令，遣動埋伏城外，孤孤一門炮放響，空擊太陽。隨後，百餘殘兵趕二十匹瘦馬，向印加軍吶喊衝鋒，零落發射火繩槍。這令人臉紅的兒戲，不意竟發揮奇效，使累世以降，從未見過火器與馬匹的印加軍張皇失措，如羊群相互踩踏，瞬時潰敗。陣列中如如不動的，只有薩帕·印卡：印加貴族青壯一撥撥擁上替手，把穩王轎，在人人得見的高度，彷彿那是他們最寶重的武器。直到亂軍中，皮薩羅手起刀落，劈出血路，迎上前去，用他依舊顫抖的左手，一把將新大陸至高人神扯落王座，重重摔在地上。我相信那時，人群有片刻屏息。我相信皮薩羅真就那樣咧嘴長笑，真誠開懷。皮薩羅，這名在故鄉備受輕賤的私生子，浪遊的納西瑟斯，瞞天過海的投機客。十年前，在遠方荒島，他還險些被幾名由他騙來，同尋黃金城的人給分食了，而今，他如此唾手，就將整個帝國踩在腳下，一名從眾也未傷亡。討論此事，神父問我：這等奇勝，難道還不足以對你說明，神恩確實嘉許我們的進取嗎？我說，我也能看作是：主的榮光，向來如此輕率厚許，如此難料反覆。因為這樣，格外令人震顫。

神父終於熟睡，在這破敗茅屋裡。一日前，暴風過境，帶走這人稱美麗島的雨霧，在這深夜，燦亮星光照亮屋內，近處，乾燥空氣底，海潮聲響無比具體。聽著，你不會感到漂遠意念，如大海總給旅人的，那無邊際的感受。今夜，你只會感覺邊界正襲捲邊界，彼此碰撞，彷彿已過今日，很可以是我們在世上無數已歷日子的，一個共同的合宜尾聲。如我現在，真誠願意祝福神父，若我有權。我願他就帶著臉上未乾淚痕，從此熟睡不再醒來。神父的悲傷是真誠的。神父一言一行都發乎本衷：在這世上，你再也找不到，如立誓要終身穿著黑衣的他們這般，任何狡黠變貌，無不出自真誠的一種人了。他們立誓成為牧者，對羊群，永遠保持崇高。他們立誓成為借勢於虎的狐狸，對所有操縱生死的帝王，他們恪遵聖典所示：「汝當順從」。在這世上，你再也找不到，如他們這般，全心執著與夜暗周旋，只為仰望一點光明的人了。他們大多與我相似，來自窮鄉僻壤，在一個由無數窮鄉聚成的，所謂文明世界裡。他們卻又和我絕然相異，今日之前，我一生都只想盡我所能，遠離故里，想知道命運規範予我的邊界外，有著什麼。想知道若我跨界將如何。但他們，無論他們是誰，他們只希冀一種漫長的重逢。

他們生涯肇啟於誤解：在學習成為黑衣使徒時，他們才發覺，理論上，自己絕無與祂對話的權力。雖然，在生命早初，在話語迢遠的孩提時代，他們皆確信自己必見過祂，在不同鄉里，憑各自方式。那可以是在邊境，牧羊曠野，或在城郊河渠。當寂夜獨自守望，當午後昏瞶，陽光將水網交映得無可直視，祂就走來，由虛空，從水上，喚醒他，接引他投身嶄新知覺，而後又離開他，將他重置在同一人世裡。這就是起點：從此，他得成為在自己短暫生命裡長行的旅人了。他得奮力去尋索一條，能與祂重逢的道路。如我神父，他得先跋涉過重重話語：生命裡最好那幾年，他皆在圖書館學習。他坐石室，偶擡頭，看頂上梁架成拱，像模擬天空，也像以其強韌結構，負載其所模擬的巨重。石室主光源，白天來自東牆馬賽克窗，透光一幅群聖沉思圖，半空煥發五彩光屑，駕臨桌面，紙頁，與一切游離。夜暗，石室垂炬如星，一桌一小燈，煙濛中旖旎似海舟。他貼眼尋字，姿態低抑莊嚴，像亦在模擬同時負載自所模擬。他一思一停若有神，看字行行近前，再行行隱沒，時光如此，一時完足，悠長而從容。但祂依舊並不在此。因提示最末回晚禱的鐘聲，每日仍響起，既準時，又總顯得突然。他聽聞，嘆息，感覺對他而言，日夜永遠都太短。

對我而言，日夜卻永遠都太長：在他們莊重置身的石室裡，永遠不乏會有，供我這類人窩身的猥瑣門洞。像馴獸般蹲踞待命，我學習成為僕傭，以及日後，當他們受派去啟蒙邊陲時，隨同派令，黏緊他們的侍者。我是他們珍重的情感記憶，像他們從石室書案上，取走同行的一尊燭臺，日後，無論空間如何改換，我永遠會微不足道，又無比放亮地佇立寸前。我亦是他們最想無視的世俗，以渾噩肉身，永遠鬧著饑渴與風土病，持續在他們耳邊，用粗俗鄉音抱怨，重複一種絕對膚淺的反對，提醒他們，教化志業這等艱難，因為來自故里的頑石，從不對他們點頭。彼日，當我被配予神父，受派前往荒渺東方時，神父必須默禱竟日，才能平息內心失望：他期待前往的，是西方，集結無數皮薩羅們的墨西哥城，及其綰合的遍洲教區，與四野敞開的待領牧民。而我，卻感到全心愉悅。怎樣都好，在我看來，能遠遊即好。直布羅陀，好望角，馬六甲，直至我們至東都城，馬尼拉。在那經年航途中，神父遁回艙底，與一斗室經典永夜沉浮。對我而言，世界卻程程受光，船每繞過一海岬，我的雙眼就更愈明亮些。我內心最深願望，正逐日實現。自有識以來，我就訓練自己，成為能牢牢攀附大能體制的節肢蟲。我知道，羅馬嘗試封鎖的，正是即將成真的未來。不多年前，那孤絕科學家，伽利略，在無數如今夜這般燦亮星夜裡，從獨身斗室，憑幾片稜鏡遠窺虛空。羅馬禁制他的發現。羅馬難以禁制的是：有人如我，以全副心力低伏，以便利用它，成為自己遠望的稜鏡。

你應當小心如我這般的僕傭，應當在我額上，烙印使用警語：此人對我類終局，有非人的好奇。高坐馬尼拉城內，那胖大總督，又使我們坐困經年：他一派親善，敷衍神父每回邀兵北向，重與荷蘭公司爭鋒，跳島再布灘頭堡的提案。等候每日，我佯裝欣喜，在馬尼拉城內漫遊，特別是那喧囂雜亂，引我無限好奇的華人街區，以隨遇而安的從容，反激神父急欲離境，拯救溺民的鬥志。我嘲笑他每個想越過荷軍防線，自取教區的籌謀，以此坐實他心中具體仇敵。我們密切關注美麗島上公司動態，以至去夏，當我們得悉名震近海國姓爺，正將公司圍困島南內海時，神父與我都知道，不容錯失的機會來了。我一臉無奈，隨神父跳上最快出航的走私船，去投國姓爺。國姓爺，我生平所見，智識最堅定，亦最瀕臨瘋狂的人，大約需用一百名皮薩羅，才能蒸餾出一滴他的意志。如許多東方首領，他像終身戴著面具，似乎永遠，都張著那口刻意磨尖的牙齒大聲咆嘯，你得掩耳，才能聽清他的指令。然而，幾月虛實往還，用心觀察後，我們仍確信，一切只是時間問題：國姓爺必能戰勝公司守軍，也明白，某種難對人言的病症，正淪肌浹髓地，在這溼熱絕境，加速掏空他的生命。光天化日，他正在孤絕地死去。你從他的暴跳，從流徙時日，即便堅壁清野圍城期間，他成群妻妾接續懷孕，就能判明他自己對此的深切自知。他真正的對手，正是時間。

神父問我：何為？我滿臉憐憫，說我同情同樣知命，卻都傾力扭轉乾坤的兩造，不如我們敬遠南還，坐觀一方悲勝。神父皺眉，流露我期待的鄙視。我敬遠，看神父進取，向國姓爺輸誠。如何傳達對情勢的鞭辟理解，卻不冒犯國姓爺，成為神父最耐心克服的難題。針對國姓爺視為大患的歐式稜牆與犄角炮堡，神父焚膏繼晷，手繪攻略圖，且以一種東方儀式般的迂迴，故作細瑣，夾藏於日常舉報中，片斷進呈國姓爺。主的真誠的狐狸。我必須說，這方面，神父表現超乎我預期，在你必須退萬步，才能稍稍看清的共舞中，神父漸漸和國姓爺對上話，取得信任。直至今年初，當國姓爺步步占先，終令公司中樞，決議獻城出降時，我看見國姓爺與神父，像熟識一輩子的朋友那般互擁。我察覺的情誼，使我必須壓抑心中狂喜。我以為事功將成：不久，當國姓爺全軍休整，重布商網，我們就能借得庇護，與一艘信風北送的船，翩抵中國，或日本，兩個我們同樣朝思暮想的未來。然而終究，神父與我所搭上的，只是艘彷彿全部東方畛域，所圍成的愚人船。美麗島立足後，狂暴國姓爺，再次展現他的不容駕馭：出乎意料，他命我們回返馬尼拉城，向總督投遞勸降檄文。他說，為拯救數代流散，屢遭欺辱的華人，他將親率王師，跨海興仇。

那是四月，我們由國姓爺率軍親送，專船駛出那仍遍地炙熱，時刻地動天搖的潟湖。國姓爺立岸邊，顯露一種近乎微笑的表情。東方的，死神遮障自我的神祕。在船尾，我靜立神父身邊，感覺他的懊喪。那時神父並不知道，這是他最後一回見到國姓爺了。神父知道的是，這不會是最後一回，他親見如眼前這般水火之地，如此旗幟錯雜，站滿各色人種。那是武備特色橫跨兩世紀的傭兵群，具體，像個戰事傷停時刻的博物館。像個特異的夢境之地：以我們輕估的複雜，它將我們想像中，前瞻未來的轉運站，倒轉成最後的最後，一個重啟一切探問的解答。而我們由此回航，無疑地，成為重啟與重聯戰亂的使徒。我必須非常努力，才能裝出樂意回返的模樣。佯作一個無足輕重的玩笑，我問神父：有無可能，我們拚盡力氣，讓船改向，或令其永無目的漂航，不再著陸，去對世上任一角落，發出折扭命運的訊號。這是說：我們洗淨自己雙手，豁免於這般網羅。這是我真誠所想，亦是生平首次，我向神父告解。然而，一如預期，我領受他對我的輕蔑。神父認知自己是使徒，傳訊接近天職，噩耗亦然。神父認知我們無能逃脫更大意旨的網羅，倘若那是主之所欲。神父認知現在，他成為那位需得獨力扭轉乾坤之人，於是，他回艙底，一如既往，獨自默禱。是在一海合圍的靜默中，我明白神父與我一樣，明確預知的事：我們駛回的，果真是艘瘟疫船，它滿載致命恐懼，預告總督治下群島間，華人街區的再度寂滅。由我們帶起，屬於他們族裔的競速是：國姓爺得非常快，比快過自己死期還快，才能親臨馬尼拉城，找出他倖存的鄉鄰。

我們連總督都輕估了：傳達檄文後，總督不讓神父多言，而是立即軟禁他，不再見他。我成了神父雙眼，代他見證遍島間，總督為徹底阻絕敵軍內應，而施行整季的種族清洗。直到新夏，當國姓爺被壓延的死訊，輾轉傳至馬尼拉城，總督才重展笑顏，恢復僡懶，將神父釋出地牢，且像福至心靈終於想起，交付予他檄文正式回函，要他北返完命。那是數日前，我隨同神父，重探那片風沙。那裡，連屋基都不存了，你無法想像昔時樣態，倘若你不曾像我，流連過那些街巷。你當然也不會像我一樣知曉，就在那片像時間未及生根的煙塵底，入土十分，許多昔時住民，站立群擠，雙手高舉，被嚴密封藏在地層裡。我心中遲疑，不知是否該為形容枯槁的神父，描述所有這類細節。或我應當描述，裨益神父，實然知解此事：那無論如何，並非如皮薩羅揮動他顫抖食指，世界就如兒戲般暈頭轉向，那般迅捷。那是一種遠比我們任一人，所能對你描述的，永遠更緩慢而周詳的全滅：累世以降，你備受威脅，你不可能無知有人正舉槍向你，卻吝惜昂貴火藥，只憑此手勢，就驅趕你的一整個苟安家園，去厚葬你。或若我已對神父描述，則神父的悲傷，也許，就不會如他對主的謙卑，那般龐然而淨持。我見他低頭深思，胸懷回函，伴隨他，重回美麗島。

低抑且深思，那就是一天前，當我們在海上遭遇暴風，船將覆時，神父絲毫不變的神情。或許，他同時想起已逝國姓爺，那位奇特朋友，以及他的上帝，那位更奇特的遲到者。於是，他或也不無好奇：身兼兩種使者，倘若就此殉職，在那另一世界，他將先見誰，先向誰覆命。或許，當他再次跪坐禱告，風雨中，那海舟搖傾，也讓他如終獲賜福，再次如履他生命最好年歲，那為一個穩確未來，去全盤備妥自己的學徒年代。那時，在每個日子告罄後，他記妥筆記，收紙卷，將打火石等什物拾入衣袋，起身前最後照眼，總看見自己墨染的，遺跡般的手指頭。起身後望去，一班如他這般墨黑旅眾，披衣蓋頭，成行成列，魚貫前行。室外，是同一幅高窗聖徒，祂們如今反照，以一石室靜思的餘燼，追想一個具體像是由他們墨黑身影所馴領的夜。露水，吐息，衣袍或腳步，在石板路上窸窣。有時，他確覺得他們造影彼此，在他們各自，不斷繼起去追想的同一啟靈裡。每晚睡前，相聚在另一石室，他們唱誦，朗讀，在常習儀式中，再一日去熟悉祂仍不在此的隔閡。因祂的形象就在眼前，如此寫實。那同一亙古形象，依舊雙手平伸，屈膝，低眉傾首，停駐在受難處，每一寸肉身，都刻鏤了懸掛在十字架上的艱難。他們於是，將馴領是日，與心裡懷疑，溫柔而謙卑，撲殺於每日最末晚禱中。唱誦是義，朗讀是義，一切從隔閡中迫出的話語皆是義。他們就這麼靜默學習著，有朝一日，成為那個有權代祂說話的人。

我能見證：神父確實一無所懼。我亦能見證：是在之後，主賜平安，並賜與神父一道親歷難題。彼時，當船漂過暴風，停靠一港灣，我們都以為是隔世了。我們下船立腳，看風景橫倒。草澤間，一群人攜弓奔出，環抱我們，摸神父衣袍，說著難解的話。他們出示念珠，畫十字架祝聖。我們這才意會：我們已漂流到美麗島北，二十年前，我們教會離棄的教區。數年前，當神父抵馬尼拉，不斷要總督出兵收復的戰略灘頭堡。所以他們說的，是我們的語言了，一種總督怠慢經月，才覆文給死者的語言。一種受過洗的他們，在多年隔閡裡，勉力記起的聖潔話語。他們帶我們去村莊，看多年虛席以待的教堂，看各家懸掛的聖徒像。他們且唱詩歌，念經文，嘗試告訴神父，無論他是誰，他們一直，在等待與一位這樣的他重逢。如今終得重逢，分外歡欣。無論他是誰。神父聽著，不知所對，兩眼靜靜垂淚。神父淚流竟日，像是明早醒來，還要繼續哭泣，像是將要哭過所有他忍抑過悲傷的時光。像那是他僅剩的，惟一屬神語言。因為這樣，我深願這位胸懷無可投遞之信息，並因之徹底心碎的使徒，我的宿主，從此長眠，不再醒來。因為這樣，我預感自己此段旅途已然告終。我預感在這終局，我將徹夜無眠。我明白所有這些草澤倖存者，累世以來，我們已殺死過他們隔絕先祖的後裔無數回，那也許，真確是在兩世紀前，也許終究是某種輕巧的指尖接觸，甚至輕巧過皮薩羅。彼時，當我們下船，一碰觸，我們及身的病毒即朝他們渙散，將他們綿延萬年的世界，瞬間風化。因為這樣，在信使回報，追兵到來，此地終成鬼城前，以最後一點人性，我想正式向神父告解：我錯了，彼時離鄉，我不該那般雀躍。我應當謙卑，慶幸是我離鄉，慶幸不是任一人，前來我家鄉，指證生而為人，我們的歸宿。

L'abécédaire de la littérature

字母會

q

評論

潘怡帆

comme Quelconque

周星馳《功夫》裡的小城百姓，費里尼鏡頭中的人來人往，IS的全民皆兵……字母Q的「任意一個」不是「隨便誰都是」，而是由「誰都可以」衍生出的「其實誰都不是」。這是以傾巢而出的隨機，挑釁「只有一個（真相、主角、凶手……）」的「特權指定」，凶手可以是你、我或他，因而不是你（是我）也不是我（是他），更不會是他（是你）。「誰都可以是凶手」意味著逮捕任何人都無助於阻止或結束犯罪；它全面地解除限定，抹除停損點，因為「任意一個」既是對一切指定的離開也是捲土重來。《東方快車謀殺案》裡所有的嫌疑人都是凶手，卻誰也不是真凶，每人一刀都為了「殺死」受害者（都是真凶！），卻也使致命的一刀永恆存疑。合謀均質化了罪犯的危險性，使「敵人只有一個」進化成「全民皆敵」的緊急狀態。孤狼的恐怖不在於他孤身一人，而在於他以「任意一個」預告殺戮將綿延不絕春風吹又生。由是，「任意一個」以抹除「特權指定」鳴響發動恐怖攻擊的第一槍。

「我沒有告訴任何人……無可打算」、「我對誰也沒說過……不會有什麼後果」；胡淑雯與張亦絢乍看不約而同地從相似角度切入作品，通過無人知曉的事件使「任意一個」浮出水面。然而，兩位作者從小說內部各自張開別有洞天的二重世界，並因此壞毀了「任意一個」能簡單以某種「無人知曉」的類型來定義的特權指定。由是展開了撲朔迷離的單語雙頻，所有肯定都不斷被風蝕變形成否定，恰似胡淑雯在小說裡以「任意一個」的無聲，對特權指定展開消音突襲。「沒有告訴任何人」的敘事取消聲音。有別於特定的主角，任意一個是沉默的大眾，特權指定決定敘事，任意一個沉默無聲。小說裡的敘事者以出聲脫離低端人口的宿命，她向父母索求昂貴的補習班費、考上北一女與挑戰老師的權威，由是獲得專屬的姓名，使原本打馬賽克的臉，戴上了「陳海淑」的面具，收到被關注的情書，成為小說裡唯一有名有姓的特權指定。她一方面飽嘗特定的優勢（決定敘事、處置情書與獲贈獎金），另一方面也察覺特定無非是捕獸的圈套，阿里巴巴門上的白色記號。特定通過可標記而成為被鎖定、被觀賞與被算計的獵物，那是沉默對聲音的包圍，「任意一個」的無聲無息對「特權指定」的奇襲。權威老師的獨子患有（被霸凌的）失語症，他向敘述者遞出情書（或挑戰書？），通過沉默對特定／權威展開二重攻擊。他邀請挑釁父親的敵人（敘事者）在補習班（威權的城堡）的樓／頭上約會，以私通背叛父親。他褫奪敘事者的說話權，以沉默扼住發聲：「他不需要我說太多話……沒有請我喝東西，也沒有放音樂，屋子裡靜得像海……沒有鮮花，沒有蛋糕，沒有巧克力或冰淇淋。空氣中瀰漫著淡淡的，油彩的氣味。」獨子以沉默建造展覽廳，讓敘事者置身在書畫充斥的安靜空間裡，成為他私有的另一個無聲收藏品。或者，鄰居趙伯伯與監考官通過保持試場的安靜，鎮壓敘事者想舉手發聲的企圖。敘事者發現自己因北一女的標誌，被鎖定與陷害為代考槍手，她被沉默堵上嘴巴（對方面無表情，動動手指，示意我乖乖考試），且最終領悟獨子在寂靜中觀看《真善美》電影的意義。那是沉默對歌舞的覬覦，亦是將聲音包圍成孤島的十面埋伏，是成為「油畫裡的海洋」，消音的驚濤駭浪。當沉默成為武器，特定便是它最可口的獵物，如同塞壬為了誘惑尤里西斯而祭出比歌聲更為強大的武器「沉默」。那是拋棄本性，讓人措手不及的突襲；是背離海浪慣性，無預警地直接捲起且瞬間覆沒的瘋狗浪；是敘述者最終學會把自己削薄，淡出考場的無聲回擊：「只要沒有人聽見我，應該就沒有人會抓住我吧。」由是構成胡淑雯「任意一個」的沉默武裝。

張亦絢把「對誰也沒說過……不會有什麼後果」的事，摺疊充塞成「任意一個」，如同愛倫坡夾插到信堆裡的那封失竊的信。「對誰也沒說過」是不值一提的日常瑣事，也可能是最不能說的祕密；「不會有什麼後果」針對最無足輕重之事，也可能因遭逢了難以想像的震撼，以致沒有語言可以類比。由是，最無關緊要的與幅員遠超乎人類想像的，被摺成同一種表達，構成小說既重如泰山（記了十年的事！）又輕如鴻毛（不會有什麼後果）的疊層開場，預示著所有的輕描淡寫都將拓出濃墨重彩的餘印，「任意一個」將同步轉生為最無法啟齒的重大祕密。小說裡的意象被賦予相反的意義，參差對看，像同一件事又像兩件事，使敘述長出保留心思的口袋，倒出一些又拾回一點。漫天飄灑的紙屑其實是毛雪，視野好的高塔是為了難民潮而蓋；「招待朋友」是上流社會展示階級的社交遊戲，一旦錯收了非法移民則成為不名譽者；幾乎占滿小說主要空間的沙發床，是沙發也是床；面對最愛的DD，祕密反而被雪藏；制止與回絕總激發更洶湧的性欲，建立距離的抓拉，卻導致更難分的糾纏；十二月是月分也可以是人名……種種排山倒海而來的意義顛倒，使意象形構一再顫慄於視覺殘像之間。並置而矛盾的敘事場景為出現在四十三樓窗外的闖入者（十二月）建造了容身的可能，使他既不是紙屑也不是雪，卻彷彿能從天而降，使他毋須穿鞋，毋須合理化為跑酷者，而保有「非此非彼」的雌雄同體。他以沉默回絕被認識，擴大了自己是「任意一個」人事物的可能領域，從現實合理的情況偏移往不合理的任意想像。個人或友人的經驗比對、買大衣、紙鈔……愈多的辨識，愈使闖入者脫離可理解範疇，隨著削減認識的可能性，他的存在益發纖薄近蟬翼；然而，小說卻讓他急轉直下地展演最肉欲的報恩，像以淚眼拔除天使印記的路西法，施展最惡魔的性誘惑。赤裸的身體相交原有助於揭露闖入者的真實身分（男人？女人？中性？雙性？天使？），然而小說最終遮蔽了解謎的可能，使各種認識僅止於無定案的永恆開放：「雖然他有男人的外觀，但他其實可能是任何一種人。任何性別。……始終不知道為什麼，在那一日，十二月能在四十三層樓那麼高的地方，沒有往下掉。那裡明明沒有，任何人類可以吊住，或是搆住的東西。」十二月是神對人的特權指定，使人子耶穌被許諾為上帝的代言者，通過對闖入者的命名，「任意一個」無名者重生為聖徒，還原無人記憶的夏帕特．古拉擡頭成為《阿富汗少女》的永恆瞬刻。

胡淑雯的「任意一個」以沉默出擊，張亦絢捕捉眼神直瞪鏡頭的唯一剎那，「任意一個」疊合了神蹟；黃崇凱、駱以軍與顏忠賢則分別以夢境的三重差異標誌「任意一個」。通過夢境築成的甬道，黃崇凱使小說成為「第一人稱視角」的電玩遊戲，虛擬接管了實境，靈魂附體他人，乍看單人的獨白體小說從帶著鏡頭的特權指定，蛻變為被鏡頭找上的「任意一個」。所有的觀看都同步蛻變為被觀看：「那晚我去看前女友二號。我醒在不熟悉的床，氣味陌生的房間，時間是凌晨四點多，身邊的男人發著鼾聲。我輕輕掀開被子起身，尖著腳，繞開嬰兒床，關上門，到客廳沙發坐下，先弄清楚一些基本事實。……我拿起粉餅盒，端詳鏡子裡的臉……仔細檢視這個女人的身體。」敘述者「我」自別人（前女友二號）的睡夢裡醒來時，佇立於穿衣鏡前觀察自己身體的女人，其實也正通過敘事者的檢視被觀看。然而，靈肉的錯置使敘事者的自我凝視永恆指向「非我」的他者，攬鏡自照成為對這二人自我的同步埋葬，因為「看見我」總已「無視我」。小說裡敘事者眼中所見的是前女友二號，結婚生子，擁有良好的家庭生活與見面頻繁的情人……鏡中的自我觀察使敘事者「我」潛入匿名之中。然而，通過信用卡、金融卡、會員卡、食譜、外賣菜單、各色紙片、時尚雜誌、收納書籍與電腦網頁所拼湊出來的前女友二號，狀似占滿了小說的表面積，其實卻被眾多的敘事所掩埋，堆出無從看穿的不通透在場。敘述者潛入前女友二號最隱密的身體內部，逐一檢視她的生活、身體與感官細節，卻仍猜不透她：「即使短暫占領了她，卻還是無法多瞭解一些她現在的生活，她想些什麼、被什麼困擾等等。……我翻閱過手邊所見的資料，還是失憶般不怎麼瞭解這女人。……即使我穿上她的肉體，仍然無從看穿她的底牌。」大量的資訊無法兌換成認識，前女友二號即使坦胸露乳毫無遮掩，仍無法被敘事者認識。因為敘事者成為她的發話器後便也褫奪了她真實的內在思考，正如在成為小說中主要的描摹對象後，她掩護了敘事者的所有行蹤。小說裡的描述與形象塑造因此無關乎角色的建造而是摧毀，目的在於使特權指定的敘事者或前女友二號再次從具體人物，流動往「任意一個」的無形且無魂。如同敘事者試圖「從〔她的〕

陰道把我自己的靈魂掏出來」，卻只感到徒勞；或小說末了：「她睜開眼，平凡的天花板，頭有些悶悶的痛。暫時不想起身，但可以感覺光線小心緩慢地走了進來。惺忪半醒，嬰孩的哭聲插播進來。又是一天的早晨。」才剛開始要甦醒的「她」，把結局反摺回開場，使敘事掉入無限醒來與睡去的啣尾蛇循環。從凌晨四點多醒過來的小說，究竟是夢醒，或是夢中夢？睜開眼睛的此刻是二次甦醒，抑或夢的再度潛行？最後現身的「她」究竟是前女友二號、敘事者「我」，或再造另一個「她」的全新他人？由是敘事者離去前，最後瞥見的遍處陌生人成為「任意一個」的信號暗示：所有似曾相識的熟悉都將再度返回無可認識的「誰都不是」。

通過靈肉交換，黃崇凱使特權指定的主角從帶著鏡頭的人蛻變成被觀看者，駱以軍則藉由說夢，製造「我與我」的距離。必須置身在夢境之外，敘事者「我」才能開始說夢。由是，「我」告別了夢中的「我」，拉出「我與他」

的距離，成為我自己的外部觀察員。敘事者「我」提到，夢中的「我」總讓死去十多年的老父在永和的老屋裡以老年人的角色出現；他把其實並沒有真正共同「生活在一個屋簷下」的父母親、兄姊、妻與子匯聚在同一個家裡，卻莫名地刪去了所有真正共同生活的狗；他在老屋外增蓋了神祇迷宮般的分廳；而夢裡讓他憂慮到落牙的謊言，遠遠抵不過曾經真實發生的棘手困境：困在屎尿、藥物氣味混雜的房間裡，癱瘓的父親與總是憂傷又疲憊的母親……通過比對現實的落差，夢總已是參差對照的二重世界，如同境外與夢裡的兩個「我」。因而敘事者說，夢裡的家人「很像大陸的《東北一家人》或日本的《吉本新喜劇》，這裡無限制集數，舞臺劇形式的情境喜劇一整團演員。祖父、祖母、爸爸、媽媽、爸爸的哥哥、爸爸的姊姊、小孩……，全是類型角色，全是上戲就進入情境，但下戲其實彼此是無關之人的，『水銀燈閃光打出的幻境』」。「我」的二重區分使敘事者失去夢裡的家人，他成為下戲後便無關的人，羨慕著夢中「非己」的自己，那是能以無限制集數，把時間一再撥回仍在電視前睡去老父、在老屋裡走動的家人、完全不記得被用吊衣架抽打的兒子、呵呵笑的小兒子、想像力四處流竄爆棚的哥兒們、二十年前的妻與母親等等往事的夢境製造者。一方面，說夢使敘事者無法潛回夢境內，而是流連在與敘事不符的外部，察覺夢境的似是而非，並通過認清了夢中的父非父、子非子、妻非妻……他逐漸脫離說夢所築起的一切關係。另一方面，說夢做為小說全部的場景使敘事者失去容身之處，被擠出描述的故事外，蛻變成無人知曉且無可辨識的「任意一個」。駱以軍以「說夢」揭露夢境外的窺探之眼，從「我」身上剝出一層薄膜般的全景觀點，使稱「我」的敘事者總已踰越「我」而分處於另一重不明時空，通過檢證夢裡的錯置與脫序，同步削薄自己在小說中的占位，打造無身體的敘事之聲。

黃崇凱與駱以軍關注於夢中，既私密且個人的單一語境，顏忠賢則在夢裡繁殖對話空間，但卻也怪異地延續了駱以軍小說最後滯留的「在夢境中」。

顏忠賢的小說是關於主角「她」與逝者「他」二者間的夢之對話。對話而非自說自話，因為逝者之夢寄存著人死以後唯一的話語。有別於在世者想像逝者而模擬的回應（如果是他，一定會說……），或套用他過去的評論（因為他曾經說過……所以現在，他一定會說……），夢境使逝者自己開口說話。夢裡的情境未曾如實發生而非屬過去，夢裡的人事物往往是迂迴轉嫁的結果，它的細節總已另有影射與滿載弦外之音，夢境因此能被反覆重啟與體悟。每次釋夢都是對同一夢境線索的追尋與再造，構成新的說法。逝者通過舊夢更新言說，通過朝向未來的語言而死後復生，成為活著的亡者之聲。通過重述逝者之夢，敘事者與之對話。敘事者身兼逝者之乩與求乩人，必須造夢扶乩，沿著自己夢的軌跡，接上彼人的夢境，以便開始訴說「非我」的乩語。於是，對話像是「鬼壓床」的經驗，出讓了半個自己：「部分被囚禁在身體裡的自己醒不來……她感覺到自己側身，雙手交疊的睡姿，視線裡是她昏暗的房間，那時好像自己部分的分裂，還有一半的靈魂仍然在夢裡手上拿著手機，耳邊因為聽到我哭了的他只小聲地呼喚著她的小名……。」鬼壓床使自我分裂，清醒的半個靈魂與「不受控而不是她」的部分自己共處身體，如同敘事者並置乩與問乩的身分，無法乾脆地處於冥世或人間，只能在冥冥之間半夢半醒。她的身體如夢裡的手機，通過睡著撥通逝者「他」的訊號，通過淚眼模糊使「他已死」與「和他對話」的不共可能溶合成一個重瞳世界。不共可能於敘事者通過夢境成為逝者時二度發生，通過蟄伏於逝者遺體裡，那未死且只有半個的她使業已發生的死亡縮減為半套，而半個她將使他能死後續存（他的夢境），與另一個在他體外的「她」對話。在夢與夢的交界，敘述者遁入逝者的亡者之聲，訴說亡者的語言，誠如敘事者一開場的預示：「她感到自己可能就是他」。由是，顏忠賢築起夢裡尋夢的無限迴圈，宛如《半夜鬼上床》的另類版本：不是不能睡著，而是不能醒來，以便無限延長與逝者的持續通話，成為夢裡非死（他）非活（她）的「誰都不是」。

胡淑雯與張亦絢在無人知曉的二重唱裡參差對照，黃崇凱、駱以軍與顏忠賢通過三種做夢的格式調校著非此非彼；沒有人知道或者重複否定都指向「任意一個」那無從被指認的特質，如同陳雪以愛情的捉摸不定，孵育出「任意一個」的恐怖性。愛情像一首地雷遍布的田園牧歌；戀人相愛時，是場美夢，嫉妒時，便是玉石俱焚的誰也不放過。它像是地雷沉睡的土地，直到被喚醒之前，它和任何一塊被精心照料的田園無異，表面無辜且絕對美麗地向任何人敞開雙臂。由是，小說裡建造了一個天真無邪，世界大好的「公社」。大家都是夥伴，是同一國的，所以，誰也毋須分彼此，共享一切，包括陽光、時間、思想、欲望、人格、庭院、屋子、木桌板凳、食物、勞力、父親、孩子和女人等。人皆各取所需，還諸己力。表面上，誰也無從分辨哪裡是地雷區或非地雷區，因為遍地綠草如茵，恣意綻放無限生機。然而，敘事者卻驟然挖開植被，暴露地表下的盤根錯節，從烏托邦歧出的平行分鏡／境，以一種更清醒或更瘋狂的敘事逐步圈出地雷，或者暗示著地雷早已無所不在。於是，美景換場成噩夢，每一個無私、無界線與毋須澄清的天地良心都頓時成為藏私、幌子與多重試探。善意變質成惡意，泛著笑意與爽朗的面孔成為可層層揭開的面具：睡了兒子的女人的父親、搶了父親的女人的兒子、上了朋友的男人的女人、閹割愛情以便換取安全的詭計騙局……沒人是善良的！一旦翻開地表，便是粗礫羅列與地雷遍布，地表之下往往還掩藏另一層地表。然而引爆地雷不是敘事者的目的，他是「公社」的獲利者，也是成癮者。唯有置身原始且未被戳穿的表面和諧裡，他的愛才可能獲得應許的獎賞，他於是沉默，四處偵查如窺伺者，避免誤觸地雷。為了定位地雷，敘事者無限調亮每個角落的光度，不斷調降所有干擾尋找的可能雜訊，定格每張畫面，放大、切開、再放大、再切開。敘事者是地雷掃除者卻同時是製造者：「就讓我強大地愛著，那可以將悲劇扭轉，祝我們度過難關。」悲劇與難關並非沒有，而是要扭轉與度過；地雷不是沒有，而是要學會掌握與躲避。然而，只要心中有「雷」，便無可能與之分離。任何尋找都弔詭地共時召喚著地雷，無時不刻地「小心地雷」蛻變成等待甚至期待地雷，因為「只有結局，才能停止變化」。敘事者不止息的翻土，手心冒汗且毛孔賁張地企圖捕捉任何一點預示，究竟在哪裡、哪一段、哪一行會突然炸開？這一刻、下一刻或者就是下下一刻……於是，陳雪以無止盡的預警埋下等量的地雷，使「任意一個」的舉手投足皆蛻變為爆炸前夕，最寧靜的鎮魂曲。

陳雪的「任意一個」潛行於愛情的不可捉摸，童偉格則在信念的絕處逢生裡尋思「任意一個」。信念不是笛卡兒智性的抉擇，亦非巴斯卡賭局的利益權衡，而是棄絕思考的全心投入。它是塞萬提斯的堂吉訶德，是祁克果「在絕望之後」什麼都不信的堅定不移。祁克果以絕望棄絕智性，因為邏輯推論充滿對神的算計，腐化了信念；唯獨因絕望而拋棄思想，才能使信念質變漂白回純粹：並非先知道有神而後選擇信念，而是信念使有神。童偉格以西班牙入侵印加帝國為喻（嚮導），嚮應著祁克果孤注一擲的「絕望」。窮途末路的西班牙人皮薩羅率領著百餘殘兵一舉攻破印加十萬大軍，拿下整個帝國。他思無所思地緊抱信念、劈出血路且將印加至高人神重摔於地時，「人群有片刻屏息」。新信念逾越了既有的神聖，使一無所有的皮薩羅瞬間質變重新誕生為神。《堂吉訶德》闡述信念的類似神祕性：抱著實踐騎士精神的堅定，吉訶德踏上旅程，他屢戰屢敗，卻弔詭地更加堅定。信念因排除了道理，失去可被勸阻或穿透的孔隙。吉訶德可能因重傷或重病而暫停前進，卻未曾被任何智性說服。一旦剔除思考，信念便化身無堅不摧的純粹驅力與反射運動。思無所思的完全暴力誕生了機械神；機械神是對邏輯法則與深思熟慮的嘲諷，是神人之間的絕對差異。思想是「生而為人」的重要特質，機械神則碾壓一切，宣告「汝當順從」，如同發狂的吉訶德與質變為劊子手的傳愛神父。類似於吉訶德，童偉格小說裡終日埋首於書堆的神父一出場，便接連遭逢信念的鞭笞。他期待前往有皮薩羅神話的西方，卻被派駐荒渺東方；他急欲前往美麗島卻屢受拖延；他想隨國姓爺入島，卻被迫遣返。他為宣揚神恩而來，卻遍燃戰火，殺光了他該以教義拯救的子民。面對所剩無幾的倖存者，神父雙眼靜靜垂淚，「像那是他僅剩的，唯一屬神語言」。眼淚是不由思想控制的語言，非關真假判斷，也非意志抉擇。流淚的神父陷入絕望，而敘事者（照顧神父的世俗僕傭）此時湧現的信念，如聖光崩石，以告白見證了信念。敘事者如吉訶德身邊的桑丘，有別於因絕望而投身信仰之人，他們是信念本身。他們不學無術，只是無思考的世俗者，是為了相信而跟隨吉訶德，為了遠遊而跟隨神父。只要始終相信，便不需要理由，只要持續運動，便不需要思考，因此，桑丘無怨懟，而敘事者只有喜樂，他們會在絕望處持續地升起，如同卡夫卡筆下桑丘的考察。桑丘從吉訶德的身上發現，書本足使人瘋狂且走向絕望，而唯有不思考的直接行動，才使人永恆不墜地懷抱信念。童偉格的敘事者平實看待嚮導的奇蹟與神父的再三絕望，他從未懷疑、矛盾或感痛苦，因為他從未嘗試尋找解答或理解，唯獨接受，並且執行。他於是成為神的唯一傳信者，只描繪而不解釋，只記憶而不被記憶（無我則無思考）。再微小的解釋都能分裂成兩種以上的想法，衍生疑慮，進而阻止行動，如神父的誤解。唯獨不被闡明的訊息才能恆常持久地前行。敘事的傳頌不仰賴智性的理解，卻通過相信且純粹的反覆重說而延續，如嚮導的傳說與敘述者的傳教故事重返史詩以前，那本該無可理解的奇蹟本身，再次通過語言降生為信念與訊息，以「說」而無攻不克。由是信念構成「任意一個」由俗轉聖的終極關鍵。

「任意一個」不是馱著平凡外皮的主角，不是喬裝成隨機、隨性或任意的特權指定。偶然邂逅、意外交錯或機率幾近為零的劇情編排，無法遮掩始終霸占視線的主角特權，相反於此，「任意一個」使鎂光燈無法聚焦，它無所不在也無處不是，如同鬼魅般在場。鬼本無形，可以用任何方式出場，或者自顯、依物，也可以附身於人，把人變鬼，因而誰也無法從眾人當中真正辨識出鬼。不過，一旦心裡有鬼，見人見物都像是見到鬼。見到鬼就是

「任意一個」，它是從驚嚇箱裡跳出來的眾多玩偶，重點是「分散焦點而導致驚嚇」。因為「任意一個」不是任何人，而是胡淑雯的「不出聲」、張亦絢的「十二月」、黃崇凱的「她」、駱以軍的空洞「我」、顏忠賢的「鬼壓床」、陳雪的「公社」與童偉格的「世俗僕傭」；它是不斷從指定裡脫落，返回起點的「再來一次」！

作者簡介

◉策畫

楊凱麟

一九六八年生，嘉義人。巴黎第八大學哲學場域與轉型研究所博士，臺北藝術大學藝術跨域研究所教授。研究當代法國哲學、美學與文學。著有《虛構集：哲學工作筆記》、《書寫與影像：法國思想，在地實踐》、《分裂分析福柯》、《分裂分析德勒茲》與《祖父的六抽小櫃》；譯有《消失的美學》、《德勒茲論傅柯》、《德勒茲，存有的喧囂》等。

◉小說作者（依姓名筆畫）

胡淑雯

一九七〇年生，臺北人。著有長篇小說《太陽的血是黑的》；短篇小說《哀豔是童年》；歷史書寫《無法送達的遺書：記那些在恐怖年代失落的人》（主編、合著）。

張亦絢

一九七三年生於臺北木柵。著有長篇小說《永別書：在我不在的時代》、《愛的不久時：南特／巴黎回憶錄》；中篇小說集《最好的時光》、短篇小說集《壞掉時候》；評論集《晚間娛樂：推理不必入門書》、《小道消息》、《離奇快樂的愛情術》、《身為女性主義嫌疑犯》；電影劇本《我們沿河冒險》；另有影像作品包括紀錄片《聽不懂客家話：1945 台北大轟炸下的小故事》、短片《Nathalie, pourquoi tu es par terre?》（娜塔莉，你為什麼在地上？）。

陳雪

一九七〇年生，臺中人。著有長篇小說《摩天大樓》、《迷宮中的戀人》、《附魔者》、《無人知曉的我》、《陳春天》、《橋上的孩子》、《愛情酒店》、《惡魔的女兒》；短篇小說《她睡著時他最愛她》、《蝴蝶》、《鬼手》、《夢遊 1994》、《惡女書》；散文《像我這樣的一個拉子》、《我們都是千瘡百孔的戀人》、《戀愛課：戀人的五十道習題》、《臺妹時光》、《人妻日記》（合著）、《天使熱愛的生活》、《只愛陌生人：峇里島》。

童偉格

一九七七年生，萬里人。著有長篇小說《西北雨》、《無傷時代》；短篇小說《王考》；散文《童話故事》；舞臺劇本《小事》。

黃崇凱

一九八一年生，雲林人。著有長篇小說《文藝春秋》、《黃色小說》、《壞掉的人》、《比冥王星更遠的地方》；短篇小說《靴子腿》。

駱以軍

一九六七年生，臺北人，祖籍安徽無為。著有長篇小說《匡超人》、《女兒》、《西夏旅館》、《我未來次子關於我的回憶》、《遠方》、《遣悲懷》、《月球姓氏》、《第三個舞者》；短篇小說《降生十二星座》、《我們》、《妻夢狗》、《我們自夜闇的酒館離開》、《紅字團》；詩集《棄的故事》；散文《胡人說書》、《肥瘦對寫》（合著）、《願我們的歡樂長留：小兒子2》、《小兒子》、《臉之書》、《經濟大蕭條時期的夢遊街》、《我愛羅》；童話《和小星說童話》等。

顏忠賢

一九六五年生，彰化人。著有長篇小說《三寶西洋鑑》、《寶島大旅社》、《殘念》、《老天使俱樂部》；詩集《世界盡頭》；散文《壞設計達人》、《穿著Vivienne Westwood馬甲的灰姑娘》、《明信片旅行主義》、《時髦讀書機器》、《巴黎與臺北的密談》、《軟城市》、《無深度旅遊指南》、《電影妄想症》；論文集《影像地誌學》、《不在場——顏忠賢空間學論文集》；藝術作品集：《軟建築》、《偷偷混亂：一個不前衛藝術家在紐約的一年》、《鬼畫符》、《雲，及其不明飛行物》、《刺身》、《阿賢》、《J-SHOT：我的耶路撒冷陰影》、《J-WALK：我的耶路撒冷症候群》、《遊——一種建築的說書術，或是五回城市的奧德塞》等。

◉ **評論**

潘怡帆

一九七八年生，高雄人。巴黎第十大學哲學博士。專業領域為法國當代哲學及文學理論。著有《論書寫：莫里斯・布朗肖思想中那不可言明的問題》、〈重複或差異的「寫作」：論郭松棻的〈寫作〉與〈論寫作〉〉等；譯有《論幸福》、《從卡夫卡到卡夫卡》，二〇一七年以《論幸福》獲得臺灣法語譯者協會第一屆人文社會科學類翻譯獎。

字母 21

字母會Q任意一個

作者——楊凱麟、駱以軍、張亦絢、胡淑雯、顏忠賢、陳雪、黃崇凱、童偉格、潘怡帆
總編輯——莊瑞琳
責任編輯——吳芳碩
行銷企畫——甘彩蓉
封面設計——林小乙
排版設計——張瑜卿

社長——郭重興
發行人兼出版總監——曾大福
出版——衛城出版／遠足文化事業股份有限公司
發行——遠足文化事業股份有限公司
地址——二三一四一 新北市新店區民權路一〇八—二號九樓
電話——〇二—二二一八—一四一七
傳真——〇二—八六六七—一〇六五
客服專線——〇八〇〇—二二一—〇二九
法律顧問——華洋國際專利商標事務所 蘇文生律師
製版——瑞豐電腦製版印刷股份有限公司
初版——二〇一八年六月
定價——二八〇元

國家圖書館出版品預行編目資料

字母會Q任意一個／楊凱麟等作
－初版－新北市：衛城出版：遠足文化發行，2018.06
面；公分－（字母；21）
ISBN 978-986-96435-1-1（平裝）
857.61 107005945

ACROPOLIS 衛城

字母會 FACEBOOK

填寫本書線上回函

● 親愛的讀者你好，非常感謝你購買衛城出版品。
我們非常需要你的意見，請於回函中告訴我們你對此書的意見，
我們會針對你的意見加強改進。

若不方便郵寄回函，歡迎傳真或EMAIL給我們。
傳真電話——02-2218-8057
EMAIL——acropolis@bookrep.com.tw

或上網搜尋「衛城出版FACEBOOK」
http://www.facebook.com/acropolispublish

● 讀者資料

你的性別是 □ 男性 □ 女性 □ 其他

你的職業是 ____________ 你的最高學歷是 ____________

年齡 □ 20 歲以下 □ 21-30 歲 □ 31-40 歲 □ 41-50 歲 □ 51-60 歲 □ 61 歲以上

若你願意留下 e-mail，我們將優先寄送 ____________ 衛城出版相關活動訊息與優惠活動

● 購書資料

● 請問你是從哪裡得知本書出版訊息？（可複選）
□ 實體書店 □ 網路書店 □ 報紙 □ 電視 □ 網路 □ 廣播 □ 雜誌 □ 朋友介紹
□ 參加講座活動 □ 其他 ________

● 是在哪裡購買的呢？（單選）
□ 實體連鎖書店 □ 網路書店 □ 獨立書店 □ 傳統書店 □ 團購 □ 其他 ________

● 讓你燃起購買慾的主要原因是？（可複選）
□ 對此類主題感興趣
□ 參加講座後，覺得好像不賴
□ 覺得書籍設計好美，看起來好有質感！
□ 價格優惠吸引我
□ 議題好熱，好像很多人都在看，我也想知道裡面在寫什麼
□ 其實我沒有買書啦！這是送（借）的
□ 其他 ________

● 如果你覺得這本書還不錯，那它的優點是？（可複選）
□ 內容主題具參考價值 □ 文筆流暢 □ 書籍整體設計優美 □ 價格實在 □ 其他 ________

● 如果你覺得這本書讓你好失望，請務必告訴我們它的缺點（可複選）
□ 內容與想像中不符 □ 文筆不流暢 □ 印刷品質差 □ 版面設計影響閱讀 □ 價格偏高 □ 其他 ________

● 大都經由哪些管道得到書籍出版訊息？（可複選）
□ 實體書店 □ 網路書店 □ 報紙 □ 電視 □ 網路 □ 廣播 □ 親友介紹 □ 圖書館 □ 其他 ______

● 習慣購書的地方是？（可複選）
□ 實體連鎖書店 □ 網路書店 □ 獨立書店 □ 傳統書店 □ 學校團購 □ 其他 ________

● 如果你發現書中錯字或是內文有任何需要改進之處，請不吝給我們指教，我們將於再版時更正錯誤

____
____
____
____
____

請沿虛線剪下

廣告回信
板橋郵局登記證
板橋廣字第1139號

請直接投郵•郵資由本公司支付

23141
新北市新店區民權路108-2號9樓

衛城出版 收

● 請沿虛線對折裝訂後寄回，謝謝！

ACRO
POLIS
衛城
出版